与名人话青春，静做青春逐梦人

一件事无论你当初是怎么下定决心的，不到结果出来那天谁也不知道会发生什么。所以与其担心，不如好好努力。扔掉你的犹豫，那只会浪费时间；扔掉你的担心，那只会让你分心。你能做的，只有相信自己，并且尽力去做。记住你当时所下的决心，只要路是自己选的，就不怕走远。

假如有一天我们湮没在人潮中,庸碌一生,那是因为我们没有努力活得丰盛。

除了你自己,没有人会明白你的故事里有过多少快乐或伤悲,这世上根本不存在感同身受,所以别傻傻地摊开伤口向别人诉苦,这世上多的是撒盐的人,而不是医生。慢慢地,慢慢地总要变得形单影只,我们各怀心事,谁也安慰不了谁,谁也救赎不了谁,终究是要长大,最漆黑的那段路终究要独自一人走完。

当才华

不足以支持野心,当实力不足以支撑梦想时,你唯一能做的就是努力奋斗。否则,同样的行为,对别人而言是率真,对你而言就只是冲动。

名人致青春

等来的是命运，拼出的才是人生

Success cannot stand waiting

意林 编

吉林摄影出版社
·长春·

名人致青春
图书在版编目（CIP）数据

等来的是命运，拼出的才是人生 / 意林编. -- 长春：
吉林摄影出版社，2016.6

（名人致青春）

ISBN 978-7-5498-2636-0

Ⅰ.①等… Ⅱ.①意… Ⅲ.①故事－作品集－中国－当代 Ⅳ.①I247.8

中国版本图书馆CIP数据核字(2016)第129009号

等来的是命运，拼出的才是人生
DENGLAI DE SHI MINGYUN, PINCHU DE CAISHI RENSHENG

出 版 人	孙洪军	印　数	1~20000册
主　编	顾 平　杜普洲	版　次	2016年6月第1版
责任编辑	施 岚	印　次	2016年6月第1次印刷
总 策 划	徐 晶	出　版	吉林摄影出版社
丛书统筹	吕 娜	发　行	吉林摄影出版社
策划编辑	吴珊珊	地　址	长春市泰来街1825号
设计总监	资 源	邮　编	130062
封面设计	资 源	电　话	总编办：0431-86012616
美术编辑	郭 宁		发行科：0431-86012602
发行总监	李振红	网　址	www.jlsycbs.net
开　本	700mm×1000mm 1/16	经　销	全国各地新华书店
字　数	230千字	印　刷	北京市兆成印刷有限责任公司
印　张	15.25		

书　号　ISBN 978-7-5498-2636-0　　　　定　价　29.80元

版权所有翻印必究

（如发现印装质量问题，请与承印厂联系退换）

所有偷过的懒，都会变成打脸的巴掌

◇巫小诗

1

小学的时候练书法，周末要背着墨水瓶去老师家，瓶子没拧紧，墨水把包里的文具都染脏了，生闷气，觉得书法太讨厌，难学又惹祸，学了几天再不愿意去。

后来念高中，语文作文总拿不到理想的分数，硬着头皮问老师原因，他说"文笔不错，可惜字丑了些。"

学校组织作文比赛的时候，老师甚至主动建议我，"写完找个字好看的同学帮你抄一遍，否则得奖的可能性很小。"

2

大二的时候考驾照，带我的教练脾气很不好，我被骂哭两次，羞辱智商N次，跟自己赌气，说过阵子再学，后来干脆就没再去驾校，如今即将毕业的我，依然没有驾照。

过年回家，我所在的小城市的出租车，春节是不开计价器的，10块钱的路程，能漫天要价地说30，不坐拉倒。

家中有闲置的车，可是我不会开啊，只能去拦出租车，送上门给他们宰客。

还有半途而废的游泳，三天打鱼两天晒网的美术，"明天再背吧"的单词……它们都在后来某个猝不及防的瞬间，跳出来为难我。

因果报应真的是恒久存在的真理，所有偷过的懒，都会变成打脸的巴掌。

新家装修的时候，有一部分家具是手工现做的，木工师傅在我家工作的时候，大门敞开着通风，一位来邻居家走亲戚的老伯，特意进来旁观。

老伯说，自己现在还在遗憾，当年没有好好学做木匠活儿。

他年轻的时候跟着老师傅一起学木匠，觉得太精细太麻烦，还被割伤过手，于是就不愿意学了，想做一些轻松简单的活儿，然后跟着亲戚一起去沿海打工。

没有一技之长的他，去过搬砖的工地，去过流水线的工厂，最后忙忙碌碌十几年，依然没在大城市安下家，只好回家乡做点儿小买卖。

曾经跟自己一起学木匠的伙伴，如今一个个成了当地令人尊敬的手艺人，甚至开起了自己的家具制造厂，而他，只能站在陌生人的门边，欣赏别人"展示"着他曾放弃的技术。

3

记得蔡康永写过：

15岁觉得游泳难，放弃游泳，到18岁遇到一个你喜欢的人约你去游泳，你只好说"我不会耶"。18岁觉得英文难，放弃英文，28岁出现一个很棒但要会英文的工作，你只好说"我不会耶"。

人生前期越嫌麻烦，越懒得学，后来就越可能错过让你动心的人和事，错过新风景。

真的是这样。

减肥的时候偷懒，夏天满大街瘦长腿的时候，你只能对着自己的肥肉生闷气。

上学的时候偷懒，同学们一个个念名校入名企的时候，你又只能在深更半夜里抱怨怀才不遇。

所有偷过的懒，都会变成打脸的巴掌。

我不知道怎样去劝服一个懒人改过自新。

我只知道：

打脸会疼，脸肿了会丑。

目录 Contents

暗自努力，未来才能称心如意

写给怕走弯路的你　　　　　　古　典／002
你要学着让自己变得强大　　　毕淑敏／005
不是没有路，而是你的努力还不够　殷海平／008
失败者才跟烂事折腾　　　　　杨奇函／010
身处低谷，怎么走都是向上　　荼　蘼／012
既然逃无可逃，那就死磕到底　伊　心／014
太听话的姑娘往往不会太有出息　李筱懿／017
那一年，一本没读完的书　　　苏　岑／021
改变人生的三种力量　　　　　俞敏洪／023
先成为锦然后才能添花　　　　叶倾城／025
愿你的青春不负年华　　　　　卷耳猫／027

唯有义无反顾，才能勇往直前

他们只是看上去不努力　　　　阿　紫／032
没有什么事情的结果是一定的　张德芬／035
成长，请带上这封信　　　　　于　丹／038
丫头：我告诉你，当学霸最酷　六神磊磊／043
莫言的第一步与村上的第一步　林少华／045
好的改变，什么时候都不嫌晚　敬一丹／048
90%的人倒在了这条叫成功的路上　艾　力／050
人生永远没有太晚的开始　　　摩西奶奶／053
尊重这个不可思议的世界　　　辉姑娘／055
笨拙才是大智慧　　　　　　　星　云／057

世界太公平，只奖赏努力的人

060 / 唐宝民　除了用功，你还需要一点儿灵气
062 / 麦　家　关于读书，我有三个故事
066 / 王　强　人在北大，如何读书
070 / 郭英剑　什么样的人才能上哈佛
073 / 马鸿旭　学习就是一次修炼
078 / 连俊涛　我所认识的美国高中
081 / 邓楚涵　大学给我的下马威
088 / 十　二　不畏将来，不念过去
092 / 桶桶 nancy　两个猛人的读书方法
095 / 梁振华　天下第一等好事还是读书

只有拼出来的美丽，没有等出来的辉煌

100 / [塞尔维亚]德约科维奇　译/郭政皓　第一是这样练成的
102 / 冯　唐　离天堂最近的地方
105 / 珈　语　宁泽涛，"亚洲飞鱼"不做小鲜肉
108 / 林书豪　我是我的梦
111 / 周　楠　一只特立独行的小猛兽
113 / 白岩松　漂亮的失败是另一种成功
116 / 戴晓雪　"自黑"：成功者的名片
118 / 马伯庸　我的围棋生涯
121 / 费　雷　大仲马的"下流志向"
123 / 桥本隆则　高仓健：做人的美学
126 / 宣金学　普通青年爱因斯坦

目录 Contents

当你竭尽全力，必然会有好运气

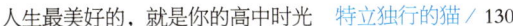

人生最美好的，就是你的高中时光　　特立独行的猫 / 130
跟优秀的人相处是一种什么感觉　　Seasee Youl / 132
教养，就是要让别人舒服　　Huyan / 134
别人抢不走的东西　　林　夕 / 136
慢慢来，一切都来得及　　meiya / 138
你只是看起来很努力　　李尚龙 / 141
写给儿子的恋爱须知　　刘　墉 / 144
少女黛玉的痛苦，我们都有　　闫　红 / 146
高考的迷人之处　　衷曲无闻 / 149

你必须很努力，才能看起来毫不费力

人生太短暂，去疯去梦去追寻　　柴　静 / 152
我只想抱一抱小时候的我　　朱德庸 / 155
你以为你在合群，其实你在浪费青春　　李尚龙 / 158
青春应该不计后果地过　　白岩松 / 161
零分之约　　刘　轩 / 164
做挫折打不倒的"小强"　　李若晨 / 167
"高考常"的人生独白　　夏茗悠 / 171
所谓男神，不过是《进化论》　　卢思浩 / 174
青春标配"男闺密"　　籽　月 / 178
难题不过夜　　卢十四 / 181
"学霸"的爱情高分法典　　六　恩 / 185

这世间唯一的软肋和盔甲

188 / 龙应台　目送
190 / 莫　言　写给父亲的信
192 / 大　冰　一个孩子的心愿
199 / 卢思浩　软肋和盔甲
201 / 张晓晗　我的女神
205 / 刘　轩　好惨的中文课
209 / 七堇年　18 岁不可承受之重
213 / 陈柏清　我在第三棵树下等你
216 / 老　丑　没有人可以替你做决定

致友情——不当你世界，只做你肩膀

220 / 叔本华　真实不虚的友谊因为稀少，所以珍贵
222 / 林清玄　我们到底要交什么样的朋友
225 / 刘　凌　我的闺密李娜
227 / 李　晓　我想拥有猪八戒那样的朋友
229 / 一苇暮雪　男闺密这个梗

暗自努力，
未来才能称心如意

> 生涯无直线，当你看到一个人在高度、深度上都没有什么发展时，也许他并不是在堕落，他只是在填充自己的内在维度，找回自己的平衡。人生不一定每一步都要走直路，因为弯路上有我们必做之事。

写给 怕走弯路的你

◇古 典

人生规划，的确能帮助人们躲避风险，少走弯路。但是人生真的有直路吗？或者说，一条直线的人生，真的幸福吗？

1993年夺得NBA（美职篮）总冠军后，已拥有3枚冠军戒指的乔丹开始觉得篮球生涯变得平淡，"没有什么可以挑战的了"。乔丹对于篮球的热情开始减退。

1993年8月，乔丹的父亲詹姆斯开车去参加一个朋友的葬礼。回来的路上，他把车停在一个小镇上休息。两名年轻的歹徒盯上这辆车，抢劫并枪杀了他。

噩耗传来，乔丹受到毁灭性的打击。

乔丹和父亲的关系很独特。他们既像父子，又像兄弟，他们会一起打高尔夫，聊天泡吧，甚至偶尔一起去小赌一把。

在父亲去世前一年，他们曾经讨论过关于打棒球的事情。他父亲对他说："别再打篮球了，为什么不试试给棒球一个机会呢？"那正是他父亲教他的第一项运动。

父亲的离开推动了乔丹想要做些什么的念头。他的选择是在一片唏嘘声中退役，半年后，他开始了棒球运动员的职业生涯。

乔丹没有辜负父亲的期望，他把对待篮球的认真和努力加倍带到了棒球

场:他是棒球场上最努力的人。

"每天,他第一个到达赛场,最后一个离开。"他的教练说。乔丹会每天早上6点到达运动场,自己练习,在队友来之前做一些训练。然后练习击球前向后引34盎司(0.96公斤)重的球棒300至400次。在一天的训练结束后,乔丹还会对他的击球教练说:"我们可以再练一会儿吗?我觉得我已经有点儿上手了。"

这样努力的乔丹,是不是如某些大师所说,人生无极限,努力就一定能成功?

很可惜,真的不是。1994年4月8日,乔丹首次参加职业棒球比赛。但一个赛季下来,他在参加的127场比赛中,击打成功率仅为20.2%;30次盗垒,114次被三振出局。在436次击球中只打出3个本垒打,50个有效击球。成绩徘徊在棒球运动传说中的挫败底线"门多托线"附近。

人们对此恶评如潮,有运动周刊用他来做封面:乔丹让棒球难堪了。另外一部分人则说:"至少他在尝试。"对于这些声音,乔丹,那个曾经为了胜利不顾一切的乔丹,自己怎么看?

教练有点儿担心乔丹,他问:"你感觉如何?"乔丹说:"我每天早上起床,给自己做份早餐,然后开车,去球场开始晨训。当时路上一个人都没有,我看看旁边的位置,看到父亲。我会和他说话,说:'爸爸,我们可是在一起打棒球哦。'"乔丹内心深深地享受这份宁静,他的棒球生涯是献给父亲的,虽然并不精彩,但很温暖。

在父亲离开的头两年,他重新触到了自己在篮球场上无法触及的生命的温度。

乔丹的生涯走出一条巨大的曲线,父亲的离开让他直面生命的其他维度,他决定遵循自己的内心,为自己和父亲打两年球。

谁又能说,那两年的乔丹,那个在篮球场上宛若上帝亲临,却在棒球场内四处碰壁、灰头土脸的乔丹,他的手指上,没有戴着自己心中的冠军戒指?

生涯无直线,当你看到一个人在高度、深度上都没有什么发展时,也许他并不是在堕落,他只是在填充自己的内在维度,找回自己的平衡。

很多人不懂这个道理,他们认为如果一个人既没有提升,也没有变得更加专业,那就一定是在无所事事、不务正业。其实也许那个人正在你看不到的维度努力挑战着自己的极限,修炼着自己的功力。

乔丹几乎集中了所有人觉得可以成功的理由:为父亲出征的意志,对于胜利的渴望,无人怀疑的强大自制力,比别人都努力的投入,以及优秀的运动员天赋。但是这样也无法让他超越个人极限,成为棒球好手。一个人一辈子,也许只能在一个领域成为绝顶高手。

乔丹的收获是什么?

我想乔丹的收获有三:第一,父亲的心愿已了,他可以安心地打篮球了;第二,他在棒球场上深刻地重新认识了自己的篮球天赋;第三,他了解了失败,更加珍惜成功。

正如公牛队的主教练杰克逊所说:"我想打棒球的经验是让他重新回到篮球场上的原因,他理解他被赋予的天分,在(篮球)这项运动中,他如此与众不同。"你敢说,这不是一次伟大的成功?

所以回到文章的开头,我想现在的你也如我一样,能够很坚定地回答那个问题:如果乔丹没有去打两年棒球,那么他一辈子也许只能拿3枚冠军戒指。

人生不一定每一步都要走直路,因为弯路上有我们必做之事。

你要学着让自己变得强大

◇毕淑敏

小时候学古诗,杜甫的这几句背得熟。

"挽弓当挽强,用箭当用长。射人先射马,擒贼先擒王。"主要它像童谣,或者说简直是句顺口溜。

我问过大人,"挽强"是什么意思。大人说,强就是指弓很硬,拉这种弓要用大力气,好处是射得远。

从此我把"强"和弓联系起来,再说,谁让这个"强"字的偏旁部首就是个"弓"呢?更是和弓箭逃脱不了干系了。

渐渐年长,才知这个"强"字的根源,和弓箭并没有丝毫相关,那答案真是匪夷所思,本意居然说的是一条虫。

这要从"强"的繁体"強"说起,它原本的模样是在"弘扬"的"弘"字右下角嵌进了个"虫"字组成。改成简体字的时候,将"弘"的右半边改成了一个"口",让无限的深意丢却了注脚。它原本是什么意思呢?"虫"指代的是单一的卑微生命。不过若这小虫把体内的精神弘扬出来,就构成了坚强雄厚的力量。

这个字里蕴含的能量,让人心意难平。"强"字像部微电影,描绘了一条卑弱小虫的奋斗史。

再来说说"大"字。

有一些字,因为太熟稔,念起它们的时候,就像嘴巴接触了牙膏,虽知是异物,却难得留心思谋它们的深意。"大"是什么意思呢?就是范围广、高度高、体积阔吧?估计大多数人都会同意这个解释。

"大"的本意,其实和范围、高度什么的毫无关系,就是非常单纯地独指一个人。

汉字是象形字,在甲骨文里,这个"大"字伸胳膊撂腿,就是一个人的体态临摹。西周战国之后大行其道的金文中,"大"也是笔触鲜明、四肢俱全的人形。与甲骨文笔道细弱的"大"字相比,金文粗肥猛壮,把人的形象镌刻得更雄硕伟岸。

等到了小篆和现代文字中,这个"大"字就和人的形状渐行渐远,一时让人想不起为它命名时的初心,不那么相似了。

"强大"是用"强"和"大"组成的一个铿锵有力的词。你看到它,不由得会挺起胸膛,浑身充满能量。但倘若问某人,你觉得自己强大吗?大多数都会说,我还不够强大,我希望自己有一天强大起来。

然而,错了。我们每个人,本身就是强大的。强大的原意指的就是一个卑微如虫的生命,只要将精神弘扬出来,它就有力量。只要你是一个人,天然就强大。

爱因斯坦说过:"由百折不挠的信念所支持的人的意志,比那些似乎无敌的物质力量有更强大的威力。"

我们孜孜以求的强大，以为远在天边的强大，以为要靠什么人赐予或是襄助才能达到的境界，其实原驻自己身上。

一个再弱小的人，也比一条虫子要有力量。

所以，强大并不难，难的是我们不知道自己的强大。这真是天下第一大悲剧。我们四处寻找的东西，我们以为自己一生也不可能具备的东西，其实从未离开过我们须臾。

我们要学习的不是如何让自己强大起来，而是让自己原本就具有的强大，拂去尘埃，闪闪发光，铮铮作响。

毛笔就在我们手里，墨汁瓶盖儿已经打开。如果你的时间足够，慢慢研磨墨汁也是极好的。总之万事俱备，只等我们用自己的心和手，书写人生的美丽篇章。

我们有很多瑕疵，但只要内心坚定，我们就依然强大。我们可以修补自己的瑕疵，也可以携带着瑕疵前进。这个世界上没有瑕疵的人根本没有出生。

我们有很多不完善的地方，但只要宽容待人待己，我们就依然强大。完善可以不懈追求，但不必形成坚硬桎梏。世上的事情就像吃饭，八分饱即是完美。处处尽善尽美，就是一种无言的慢性自杀。

我们常常受伤，伤痕累累。不过，听说只有一生都圈养在棉花堡中的牲畜，才不会受伤，留待把它们的皮毛制成贵人的衣裳。我们要和命运厮杀，哪里能不受伤？受伤不是羞辱，而是勋章。强大也会受伤，只不过修复的能力比较强，速度比较快，能够在更短的时间内重上战场。

据说每个人每天都会和自己进行5000次对话，其中绝大多数话语都是在否定自己。比如我很差，我无力，我不行，我要等等看，哦，算了……这一切的根源，都来自我们认定自己不强大。

"你生而有翼，为何竟愿一生匍匐前进，形如虫蚁？"这是贾拉尔·阿德丁·鲁米的诗，每当读起，我都心生痛楚地觉醒。

希望从今天开始，我们对自己说的第5001次话是——我已觉得自己强大。

不是没有路，而是你的努力还不够

◇殷海平

10年前，罗永浩还只是个居无定所的"北漂"。可是，因一份漂亮的简历，他敲开了新东方的大门，成了人人羡慕的英语老师。

说起这一切来，不要说别人不相信，就连罗永浩自己都觉得像在做梦。

响当当的新东方，每年都要吸纳很多资深老师，只要是有能力、能进新东方的，薪资和各方面福利都相当不错。

而当时的罗永浩，却在为欠了房东两个月的房租而发愁，只能用早出晚归来躲避房东催租。为了省钱，他几乎不敢有娱乐活动，但他有个业余爱好，就是看原版英文小说，为此常常去东城区图书馆。

一次，罗永浩在报纸上看到新东方正招聘老师，还提供食宿。生活窘迫的他对合租的室友感叹说："要是能到这家公司上班就好了，不用再愁没地儿睡了。"

"以你的英语水平，应该不成问题。"室友怂恿道。

"不行，我一站到人多的地方，说话就脸红，手心都出汗。我的英语是不错，但我肯定不是做老师的料。"

"不是你做不到，只是你不够努力。"室友认真地说。

罗永浩突然心中一动。其实，室友是他多年的好友，很了解他。于是，他决定试试新东方的这次机会。

经过初试、复试，就差最后一轮看结果了。却不想接到了新东方人力资源部的通知，说是校长要亲自面试，而且附加了一条：为了节约校长的时间，请各位面试者务必准备一份不超过30字的简历，一周后过来面试。

接到通知的罗永浩，又喜又忧，喜的是进入面试最后一轮了，忧的是30字怎么写简历呢？眼瞅着自己花了不少精力完成的3页纸简历，再怎么压缩，也不可能做到30字以内。光写个名字、专业和工作经历，都得上百字。罗永浩泄气地把简历扔在了一边。

就在这时，室友告诉他，说自己要搬出去了。问其原因，居然是已通过了注册会计师的考试，就要去一家上市公司财务部上班，而且公司提供员工宿舍，所以他不必再住潮湿的地下室了。

罗永浩惊讶地看着室友，平时也没注意他在努力呀，怎么就通过了考试？

室友笑着说："我努力的时候，忘记告诉你了。你认为办不到的事，有时真的可以做到。"

受到刺激的罗永浩，像发了疯一样，翻出扔在一边的简历，在心里对自己说："我一定可以交出不超过30字的简历。"

那几天，他花了几个晚上，把自己完美的简历画得乱七八糟。最后，他无聊地在纸上画着自己头像的简笔画，以便慢慢思考。然后他在头像最上方，写下了自己的名字，就在此时，他用笔狠狠戳自己纸上的脑袋，骂自己真笨。不承想，这样无心的动作却给他带来了灵感：只是要求字数不超过30个，又没说不准画画，我何不把自己的特长、工作经历画出来呢？只适当地用字标注就行啦！说干就干，没用多长时间，他就把一份漂亮的简历完成了。很显然，正因为他的努力，最后顺利通过了俞敏洪校长的面试。

之后的多年里，每当罗永浩有了想放弃的念头时，总会想到这份漂亮的简历。不要轻易说不可能，你没努力过，又怎么知道办不到呢？

失败者 才跟烂事折腾

◇杨奇函

之前在网上看到一个让人心酸的故事。一个毕业了几年的女孩因为点的牛肉面里的肉少和老板争执起来，结果哭了。

哭的原因不是因为牛肉的多少，而是如她所说："这不是我想要的生活。"

谁想毕业之后还因为碗里的几块牛肉和别人争执？细细想来，如果她单位时间价值够高，有更重要的事情做，她是不会将精力放在讨价还价上的。

她的泪，是对自己现状的一种否定和哭诉。

经济学里有个概念，叫"机会成本"，是指为了得到某种东西而要放弃另一些东西的最大价值。

比如你有一百块钱，能吃一顿饭，也能看一场电影，要是你去看电影了，你的机会成本就是这顿饭。

又如，你周末可以打Dota（刀塔），也可以看《论语》，要是你去看《论语》了，打Dota及其带给你的快乐就是你的机会成本。

换句话说，你做的事情价值是多少，是由你放弃的事情反映出来的，而你放弃的事情，也是由你做的事情的价值反映的。

可以说，一个人的相关价值是可以从他的抉择中判断出来的。

如果你为了一块糖和好朋友大打出手,你俩的友谊和你的好朋友就值这块糖;如果你为了电影票钱和女朋友斤斤计较导致分开,你的爱人就值电影票钱;如果你因为几次加班,就跟领导大发脾气吵得不可开交,你的前途也就值这几次加班费。

如果你放弃骄傲和任性也要挽回你亲爱的女朋友,你的女朋友对你来说价值就高于你的自负和倔强;如果你放弃享乐和放纵,坚持努力和进步,你对成功的追求和渴望的价值就高于你对纯粹欲望快感刺激的多巴胺;如果你倾家荡产也要救你患病的亲人,你的亲人对你来说价值就高于你的一切财富。

如此,我们的精力分配,一定程度上反映着我们的层次。

热衷在大街上看热闹的"围观群众"大多是loser(失败者),有正事忙活的人,哪有工夫戳在人街上看与自己毫不相关的事情?

热衷每天上网、看帖就喷的人基本也是loser,哪个有上进心的年轻人不集中精力学习知识,积累经验,而是把精神头和聪明劲儿都用在口舌之战上?

每个人的时间和精力就这么多,你分给价值low(低)的事,只能说你没有对更有价值的事情投入精力,或者干脆你就是个价值low的人。

与其跟一帮自己想想都厌恶的人吵来吵去,还不如通过努力让那些厌恶的人和事没有资格和机会出现在自己的世界。

身处低谷，怎么走都是向上

◇荼蘼

我的老师是一个特别乐观的人，可是让人奇怪的是，她常挂在嘴边的口头禅不是"加油，你会很棒"这类的话，而是一句自问自答："还有什么比现在更糟糕的吗？没有。"

如果你认为她是个消极的人，并因此而变得消沉，那么你很快就能领略到什么叫作河东狮吼。因为她的画外音，并不是消极地告诉我们，现在太糟糕了，我也无能为力了，而是在说："现在已经是最糟糕的情况了，你就尽情去做吧，那样才有翻盘的可能！"

或者每次都怀着这样的心情，所以哪怕真的进入绝境，我们也并不是真的绝望，而是在困难时有敢于尝试的勇气。人们常说，如果你还没有长大，那么你一定没有经历过痛彻心扉的磨难。只有人生到了谷底，才会拼命想要向上爬，在这个过程中，你会不断地锻炼自己，积蓄能量，完成一次凤凰涅槃。

兰是我新认识的朋友，个子高挑儿，样貌姣好，原本以为这样的女子会是家里的娇娇女，必是不大好相处的，没想到兰的性格超好，笑的时候还会露出两个浅浅的梨窝，关键是她不仅性格讨喜，做事也是样样精通，让我们这些前辈在她面前也十分汗颜。

后来，一次偶然的机会知晓了她的故事，我才知道这个女孩原来是涅槃之后的凤凰。

在18岁之前,兰的家境确实不错,父母在当地开了一家水果连锁店,生意兴隆,衣食无忧,兰也过着"富二代"的奢侈生活。18岁那年,父亲在一次送货的途中发生了意外,猝然离世。家里的顶梁柱塌了,水果连锁店也关了门,本以为可以靠家里的积蓄撑一段时间,母亲又因为伤心过度得了病,把积蓄消耗殆尽。身为长女的兰不得不放弃大一的学业,出来工作。

她独自来到了北京,刚到北京的时候,她觉得自己虽然算不上大学生,但好歹也读过高中,找一个销售的工作应该没问题。

然而事实让她大受打击,北京到处都是高学历有经验的人,青涩的她,在偌大的北京想要立稳脚跟谈何容易。在找了半个月工作无果之后,兰失去了刚来北京时挑三拣四的心,在朋友的介绍下成了一家饭店的服务员。

她当时在后厨帮忙,夏天的后厨简直就是蒸笼,每天泡在"蒸笼"里的兰也成了水煮鸭,身上总是湿漉漉的。从早上五点到下午六点,不停地端菜、拖地,有时还要早起负责工作人员的早餐,一天下来连说话的力气都没有了。

兰也常常想要放弃,但是自己既没有文化又没有技术,想要跳槽几乎是不可能的,于是就这样干了下去。她还报了一些培训班,把自己的时间填得满满当当,周一到周三学习日语,周三到周五学习计算机,周六周日,她会跑到培训中心学习自考课程。当然,课程学完了,她便会报考其他的课程,总之她一直在忙。

就这样,在三年里,她学会了日语、法语、韩语三种小语种,能够熟练使用计算机,成功完成了自考专科的学习,并正在学习北京大学的自考课程,她的工作也由饭店的服务员变成了图书公司的编辑。在低谷的三年,她学习的东西,比大学要学习的东西多得多,那些急速生长的迫切感是人生低谷给予她的。

每个人都有一段不堪回首的时期,看上去毫无希望,并可能继续沉沦下去。在这个时候,如果你放弃挣扎,就开始了一段自欺欺人的旅程。如果没有因为不安而选择妥协,而是开始尝试迈步,拍拍自己身上的灰,顶着青黑的眼圈、浮肿的脸庞,用粗糙的手指叩响前方的门,那么你会迎来另一个阶段。

既然逃无可逃，那就死磕到底

◇伊　心

　　昨天和H聊天，她开心地说："我们住进新房子啦。"特意拍照给我看，书房的照片墙里有我们大学宿舍的合照，窗台上一排绿植在明媚的阳光下仍然青翠好看。

　　大学时，H的床铺在我的对面。

　　她不止一次地跟我说："我一定要在毕业后两年之内让我爸妈住上新房子。"

　　我一直以为她只是说说而已，因为那时候哈尔滨的房价就已经很高了，刚入职的普通本科毕业生的工资对于首付来说，简直是杯水车薪。

　　没想到两年后，她竟真的兑现了自己的承诺。

　　H的父亲在她上初中时得了脑梗死瘫痪在床，花了很多钱治疗，她母亲没有工作，原本便是低保户的家雪上加霜。

　　父亲刚生病时，她有一个星期没去上学，回去之后发现班主任召集全班同学给她捐了款。正好隔天开家长会，H上台发言，说了很多个"谢谢"，然后把那些钱全都退了回去。我不知道当时年仅15岁的她说了些什么话，只知她说完之后台下很多大人落了泪。

　　H说，从那之后她没再花过父母的钱。

她从重点中学转学到了普通中学，因为那所学校不仅不收她学费，还给了她挺高的奖学金。上大学她申请了助学贷款，并且无时无刻不在打工，从每小时30元的家教到自己做各种各样的小生意。

当然了，做这些也没耽误她当学生会副主席，是全院600多个学生人人钦佩的"厉害的人"。

她简直做任何事都任劳任怨，毕业前夕院里办毕业晚会，她熬了好几个通宵剪接视频，一点儿一点儿地做字幕，视频播放时那么多人感动流泪，她也坐在台下安静地看，但知道她辛劳的没几个人，她也不会说。

我和她住在一起这么久，看着她如此拼命和辛苦，却没听过她有一句怨言。她只是偶尔会说："其实我也羡慕你们能无忧无虑地长大啊，但是没办法，我有责任。"

所以她大学四年，不仅没向父母要过一分钱生活费，还每年过年交给他们几千块。工作之后她在房地产公司上班，每逢开盘便加班忙得团团转。

为了早点儿攒够钱买房子，她跟我描述的生活是"一分钱掰成三瓣花"，如今她的工资应该已经挺高了，但仍然穿最朴素、最便宜的衣服，仍然攒钱给爸妈买最好的东西。

一次，我们小聚，我讲起我最喜欢的电影《百万美元宝贝》里的一段。热爱拳击的女主角拿到了艰苦比赛的高额奖金，没有给自己买任何礼物，而是给妈妈买了新房子。没想到站在开阔明亮的新客厅里，她妈妈环视四周，气急败坏地说："你知不知道有了房子我就拿不到政府的低保补助了！"她拿着钥匙的手颤抖了几下，原本期待欣喜的表情从黯淡变成绝望。

我跟H说："我看这一段的时候总是想起你，当然了，后半段不符合。"

H大笑："后半段也符合，有了新房子，我们家现在也拿不到低保补助了，除非我从户口本上独立出去，因为房产证上写的是我的名字啊，哈哈。"

她一定不知道，在我苍白贫瘠的生活背后，因为她，因为她爽朗的笑声和弱小但蕴藏着巨大能量的背影，我竟凭空多了不知多少勇气。

实际上，我还有好几个舍友，一个是家产过亿但低调谦逊、又美丽又温柔、大扫除时抢着刷厕所的"富二代"姑娘；一个是春夏秋冬四季都每天五点半起床，或锻炼或学习、在院队连续三年获得校女篮冠军的勤奋小姐；还有一个是自学日语一年通过了二级、在上海过得金光闪闪的灿烂女孩。她们在自己选择的道路上踽踽独行，一步一步前往那个最想去的终点。

在芸芸众生中，她们都是那么普通的人，却用尽全力活出了最好的自己。

我在她们身边度过了成年之后最重要的时光。看着她们实习时起早贪黑、在寒冬大雪的公交车站下瑟瑟发抖；看着她们写论文时殚精竭虑、在浩如烟海的文献中一步一步攀爬；看着她们工作后兢兢业业，在偌大的城市里找到微弱但温暖的光芒。

前几天看书，财经作者吴晓波面对一名大学生对于大学教育的失望与不满时，他说："办法其实只有两个，一是逃离，坚决地逃离；二是抗争，妥协地抗争。"

他讲了自己在复旦大学读新闻系时，将数千篇新闻稿件肢解分析，一点点学习新闻写作的方法。因为老师说知识每一秒钟都日新月异，所以他将自己关进图书馆，然后一排一排地读书。从一楼读到二楼，再从二楼读到三楼，最后读到珍本库。

如今他说："当我走上社会成为一名职业记者的时候，我一点儿也不抱怨我所受的大学教育。到今天，我同样不抱怨我所在的喧嚣时代。我知道我逃无可逃，只能跟自己死磕。"

而我也愿意相信，无论酷暑隆冬，无论受难与否，日日都是好日子。在我们至短至暂的生命里，希望并非聊胜于无的东西。它是所有生活的庸扰日常。借用廖一梅在《恋爱的犀牛》中的一段话："你是温暖的手套，冰冷的啤酒，带着阳光味道的衬衫。它支撑着我们日复一日的梦想，让如此平凡甚至平庸的我们，升到朴素生活的上空，飞向一种更辉煌和壮丽的人生。"

既然逃无可逃，就一起死磕到底。我想，总有一条路能带我们走向最想去的地方。

太听话 的姑娘往往不会太有出息

◇李筱懿

大概从我上小学开始，爸爸就反复叮嘱我："你的心脏不好，心跳有二级以上杂音，不要参加过于剧烈的运动，不要到处乱跑。"

所以，从小学到初中，我一直是一个很安静的孩子，自动屏蔽所有的校园运动会项目，体育课遇到跑跑跳跳等活跃点儿的项目，我就举手向老师请假，重复一遍"二级以上杂音"，在老师同情的目光中老老实实地站在一边，看同学们玩玩闹闹。

我生活在一个特别宁静的氛围中，最大的爱好是看书、听音乐、散步与思考，发型也是齐刘海儿的学生头，成绩不错，非常文静，活脱脱一个好学生的标本。我过了8年好学生的生活，转眼到了中考，由于考试发挥得不理想，文化课成绩可能达不到最好的高中录取分数线，即便达标也很勉强。

从我那一届开始，中考加试4个体育项目，成绩计入总分，与文化课一起算成总的录取分数。于是，我最佳的补救办法，就是在立定跳远、800米跑、50米跑、推铅球4个总分20分的项目中，拿到16分，也就是优秀的成绩，才能稳妥地超越重点高中的预估分数线。可是，我的心脏一直有"二级以上杂音"啊。

我当时就哭了，这根本不可能，一个平时心脏不好、不大上体育课的女

孩,要用几天工夫拿到A级体育成绩,听着不像神话,更像一个笑话。

父母撇下我,关上房门窃窃私语。门打开之后,爸爸对我说:"其实你的心脏没大毛病,就是小时候有点儿杂音,我和你妈妈每年都带你去医院检查,早就好了。只是,我们觉得女孩乖点儿、文静点儿挺好的,不要像猴子似的上蹿下跳。所以,你千万别有心理压力,你跟其他孩子一样,身体素质很好,这两天我陪你突击练习。"

我当时的感觉,大概像大力水手吃了菠菜,力量"嗖嗖"直冲脑门儿,对这场决定求学命运的考试,我摩拳擦掌,跃跃欲试,都没来得及追究父母为什么瞒了我那么久。

中考体育成绩公布,我立定跳远1.8米,铅球6.8米,800米跑3分32秒,50米跑8秒9,总分得了18分,顺利超越一中的录取分数线——当年,文化课表现优异的学生往往标配了特别厚的眼镜片和特别烂的体育成绩,我绝地反击了。

我的体育老师走到我爸面前拍拍他说:"你女儿的心脏好得能参加铁人三项。"

我爸高兴得羞愧难当。

我开始了与从前完全不同的高中生活。

我在体育课上活力四射，每年参加学校的运动会，甚至成为入场仪式上举校牌的健康姑娘，在400米接力项目和800米长跑项目比赛中表现优秀。

我察觉自己其实是一个善于奔跑的女生，我爱上了那种风在耳边轻轻呼啸、风景在眼前闪过的酣畅，我从一个羞涩安静的女孩变成了热情阳光的姑娘，我发现了一个特别新鲜的自己。

甚至，我开始重新打量"乖乖女"这个角色，不再对父母的决定言听计从。我明白长辈的意见往往带有温暖的私心和每一代人都必然存在的审美局限。

如果人的一生可以设定程序的话，大多数女孩子在出生的时候，恐怕都会被妈妈设定成与她差不多的人生：克隆的生，类似的爱，相近的婚姻，相似的儿女，甚至连在什么时间段遇见什么人都预设好，为什么？安全啊！

对大多数女孩子而言，生活的价值不在于探索，而在于安安稳稳地走完人生。

可是，假如你的梦想是探索，或者超越父辈的生活，成为一个与众不同的人，就一定不能给自己预设轨迹，一定不能太听过来人的话——想想同学会上那些特别精彩和提气儿的人，有多少是乖乖女和乖乖仔呢？

如果听了家里的安排，波伏娃很可能会成为一名典型的中产阶级家庭主妇，像她妈妈一样遭遇中年危机，赶上老公出轨，再把所有的怨愤都发泄到孩子身上，那么她就不会有机会成为巴黎高师的第二名，第一名是她后来的伴侣萨特。

如果按照长辈的轨迹生活，乔治·桑应该在偌大的庄园里默默成长，嫁给和他爸爸年龄差不多的男爵，过着平顺的日子，那么法国将不再有第一位穿长靴马裤、出没于文学沙龙、自己养活自己、大放异彩的女作家。

如果听从父母相亲嫁人的建议，费雯丽或许还是著名律师霍尔曼的漂亮老婆，那么，她就不会在亚特兰大熊熊的烈火中闪耀着斯嘉丽的绿色猫眼，登上奥斯卡领奖台。

甚至，刘德华还会叫刘福荣，周润发还叫"细狗"，他们都还是香港热闹、狭窄、繁华街道上两鬓微白的中年人。

她们和他们，走上了一条与当初父母的设想完全不同的道路，未必是坦途，却用自己的方式独立思考未来，充满惊喜和进步，活出了另一片天地。

冯仑说："人们常提的'二八法则'，就是80%的社会资源被20%的人掌握，但通常实际情况比这个法则严酷得多。真正占有绝大部分资源、能够站在金字塔尖上自由选择的人，很可能只占社会人口的相当一小部分，约为5%。"

所以，冯仑在自己女儿13岁的时候告诉她："一个人，无论男女，都面临着两种人生选择——95%的人是在等待未来，为了跟随和适应设定好的社会秩序，完成社会繁衍任务，过自己的小日子；还有5%的人则选择挑战，创造自己的未来，掌握自己的命运。"

只是，挑战、创造、不听话的过程异常艰辛，在一个人脱离95%之前，会像卫星穿过大气层时那样剧烈燃烧，但一旦穿过阻碍进入5%的人群，眼前便豁然开朗，会觉得：哎呀，都说我折腾，原来还有比我更折腾的人呢！

所以，亲爱的姑娘，你担心什么呢？

谁规定25岁前要把自己嫁掉？谁说30岁不当妈妈就太老？谁强迫你必须做到中层，甚至高管？谁觉得你不可以在事业如日中天的时候辞职，去学习爱好已久的课程？谁要求你不能以自己喜欢的方式生活？

当你打算从平均值的团队里脱颖而出时，付出的必然是不听话的代价；当你打算在某个领域创造一点儿小小的与众不同时，一定会承受非议和质疑。

只是，Who cares（谁会在意呢）？

那一年，一本没读完的书

◇苏 岑

大概是小学三年级的那个暑假，时间过于久远，记忆里仅剩电风扇的转轮声和窗外成片的蝉鸣声。

我们这一代的很多人和我一样，寒暑假都是在爷爷奶奶家度过的，这个时间段会有大把无聊的时间。

有一次，我百无聊赖时，在叔叔的房间里翻出了一本小说，书名我完全不记得了，内容是一个10岁左右的女孩因为"不听话"被卖了，她每天挨打，要做好多脏活儿、累活儿，天天栖身于阴冷的厨房里，逃跑了许多次，但每次都被抓了回去，继而被打得更狠。

女孩如此倔强，命运如此不堪，令我每天都急盼着叔叔上班，好偷偷进他的房间，关注女孩逃亡大计的进展。

无奈上小学三年级的我识字水平有限，跟跟跄跄的阅读使我的阅读进展极其缓慢。

四五天后，我偷看书被叔叔发现了，他毫不留情地没收了小说，把我的小学课外阅读材料丢过来，说："小孩儿不能看这样的书！看你自己的书去！"

余下的假期我一直惦记着：那个小女孩到底有没有逃出去？没逃出去会怎样？如果逃出去了又会怎样？

或许是从那时候起，我对好强的女孩格外青睐，似乎这也成了我日后性格的基调，以至于在初中一年级读到《飘》时，顿时觉得自己与斯嘉丽简直是一见如故。

整整一年，我动用了各种时间来读这位"乱世佳人"，把英语书的书皮儿撕了糊在上面，上学时看，放学后看，期末考试的前一晚还在如痴如醉地看，爸妈一直说："就一次考试嘛，不用那么紧张吧。"当然，成绩出来，英语分数并不高。

那时候越看到后面越怕看完，当看到书页只剩薄薄一沓时，失落感无可名状。

一年中这本书连续读了几遍，至今仍然清晰地记得斯嘉丽决定去亚特兰大借钱时，把母亲的窗帘改成"战袍"的情节。

后来央视录制一期节目，我对一位衣着邋遢、总是遭遇不顺的女孩说："你穿什么样的衣服，你就是什么样的人！"那一刻，我的脑海里快闪出的就是身着用墨绿色天鹅绒窗帘改成洋装的斯嘉丽。

后来我想，那样决绝的新衣，恰如其分地描画了一个永远不向厄运低头的斯嘉丽。而这样的斯嘉丽对我而言，似乎是另一种心理补偿，命运在这一刻获得了圆满。她已经不是哪一个单独的个体，她代表了一个类群，对一个刚刚进入青春期、人生观和世界观正在形成的女孩而言，那种骨子里的韧性，她心向往之！

从不对命运弯腰称谢，除非它给予的正是我想要的。至今，我仍然只认同这条真理。

改变人生的三种力量

◇俞敏洪

生命之河有不同的方向，但有同一个愿望，那就是希望生命能够远行，能够历经千山万水，奔流向前。

每个人都有出生的那一天，也都有生命终止的那一天。所有生命的开始和结束没有太多的不同。因此，生命最重要的是从生到死的那段旅程怎样走，怎样才能活出精彩和成功。这段旅程证明你拥有和别人不一样的生命，在同样的时空里拥有不同的精彩人生。

我一直试图看透成就事业的本质，以期获得生命前行的力量。

我曾经经历无数次的失落迷茫，千回百转，在浓雾叠嶂中徘徊，在犯下一次次愚蠢的错误后终于有所醒悟。在盘点过去几十年的生活后，我发现有三种力量在我生命的成长中起到了重要的作用。

第一种力量是承受的力量。

承受的力量就是能够坦然接受生命中一切苦难和失败的力量。我们和命运抗争的最常见方式是抱怨，但抱怨是一服毒药，只会使自己陷入越来越可怜的境地。只要人活着，苦难和失败就会随时随地降临。

我心中曾经充满过抱怨和怨恨：为什么我的父母一无所有？为什么我考大学一次次失败？为什么我会得万人讨厌的肺结核？为什么我出去教课就被记

过、处分？为什么领取一个办学执照需要把自己差点儿喝死好几次……

但后来我发现，所有的抱怨除了证明自己无能没有任何意义。有一天我终于想明白，既然苦难和失败不可避免，那还有比坦然接受生命中发生的一切更好的办法吗？

第二种力量是奋斗和努力的力量。

人最重要的精神之一是相信奋斗和努力能够改变人生。我们常常讨论命运问题，抱怨自己为什么没有出生在富贵之家，为什么必须从一无所有开始奋斗。但有时候，平白无故地拥有一些东西并不见得是一件好事。有些东西也许不能改变，我们改变不了自己的出生境遇，也改变不了自己的长相和身高。但我们应该坚信，奋斗和努力是改变命运最重要的力量。我非常庆幸自己一路走来，尽管走得磕磕绊绊，但从来没有放弃。

后来我生命中得到的一切都证明了奋斗和努力的力量。我们也许没有好运气，不能一个筋斗踏上青云。但通过奋斗和努力，我们一定能够创造一些必然的成就。从一名农民到大学生，从一个讲话不完整的人到被认可的老师，从一无所有到拥有上市公司，我这一路走来，处处都是奋斗和努力的汗水结晶。我相信奋斗的力量。

第三种力量是助人为乐、与人为善的力量。

我们发现很多人为了成功，不惜一切代价践踏着别人往上爬。他们通过巧取豪夺、明枪暗箭、造谣中伤等达到自己升官发财的目的。

大学里就常常有年轻的学生干部为了小小的权力无所不用其极，认为这就是未来获取成功的手段。让我们欣慰的是，那些以别人的牺牲为代价获取自己功利的人往往没有很好的下场。

我相信这个世界就是一面镜子，镜子外面是你，镜子里面是别人和社会：你对镜子里的人笑，他就会对你笑；你对镜子里的人拳脚相加，他也一定会对你拳脚相加。成功需要别人的帮助，而获得别人的帮助的唯一办法就是先帮助别人。

先成为锦然后才能添花

◇叶倾城

蝶变，往往要以时间作为交换。

很多年前我便认识她，那时我刚出茅庐，刚开始有大学女生慕名而来，其中就有她。

见第一面时我吃了一惊，想来想去，最客观的评价还是一个字：丑。

农家女，矮个子，扁平脸、塌鼻梁，皮肤黄黄的，最触目惊心的是一口烂牙，一说话、一笑就像在龇牙咧嘴。

她眼神诚恳，我却有点儿不知所措：我能给她什么样的建议？尤其是，她还是专科生。

这听起来是一个输在起跑线上的人生：出身寒微，挣扎出鸡窝却离枝头远得很。专科毕业的她，将来能做什么呢？文员？尤其是，爱与喜欢，往往要以相貌打底，她有再多优点，也会被她土气甚至难看的面容全盘挡住。女孩子到底是要干得好还是要嫁得好？仿佛，她两者都没份。

后来我们没再见过面，只断断续续有联系：她专升本了；又过两年，她留校当辅导员了；我去做讲座，她事后才知道消息，说她正在那所大学读研，可惜没来参加……

不久前，我意外地在一次活动中遇见她——是她热情地喊我的名字，我先没认出她来，她报出名字来，我吓了一跳："判若两人"都不能形容她，几乎是天壤之别了。

娇小的个子，身材保持得很好，一件香奈儿小黑裙穿得玲珑有致，八厘米高的高跟鞋进退自如。发型精致，妆容得体，细看，五官仍平凡，肤质仍泛黄——但这有什么关系，白璧亦有微瑕。她活泼了很多，常常大说大笑，但牙齿顺眼了，她笑着说："前几年戴了牙箍。"

细问她的近况，原来她已经博士毕业，现在大学教专业课。婚姻方面有些蹉跎，过了三十五岁才嫁给大她一岁的同校老师，去年生了儿子。

我问得直接，她答得落落大方。谈起孩子，她诙谐地说："我教育孩子的原则就是：人丑就要多读书。"仰头哈哈一笑，全不带一点儿阴霾。

曾经的她，能如此坦然说起自己的外貌吗？我想不起来了。

别撇嘴，说这不过是一个励志故事，我看到的，不是故事，是近在身边的、活生生的人，一个完美的范例，让我看到，人可以如何靠努力改变命运。

她曾经一无所有，无背景，无学历，无颜值，只有一颗向上的心、不曾停下的双脚。我知道她爱过，但这爱被嫌弃了，挫折感像沙子一样磨损人的心，她什么也不说，一直往前走，选择了最笨拙而最有效的道路：学习。

多么艰难的一条路，忍受寂寞、疲倦，同龄人有些嫁作人妻、相夫教子，有些在职场上尽情挥洒，有些吃喝玩乐、享受青春，自己却只有一卷书、一盏灯而已。

读出来会怎么样？是否一定有未来？她彷徨过没有，有没有起意放弃过？

我想她能确定的就是：读不出来，多半没有未来。心系一处，守口如瓶，是唯一的成功之道。

有人鄙视她：不过是个女凤凰。这里面有明确的歧视，但也可以视为嫉妒，博士、副教授在手的她，有夫有子，自此可以安身立命了。

于是，她变美了。

除非天生丽质，生来就要成为艺术品，否则，这世上大部分事物或人，其实都以实用为主——美貌，只是锦上添花。所以，你得先成为锦。

愿你的青春不负年华

◇卷耳猫

13岁那年,我一个人躲在房间里,抱着公仔哭得喘不过气来。不过是步入初中校门的少女,被班主任冤枉考试作弊了,那一刻仿佛遭遇了天大的冤屈,再多的泪水也冲刷不尽。我买了一个黑皮的硬壳笔记本,写满了内心的委屈。我想,若是给我的青春定一个起点,应该就是那一刻的愤怒。

14岁那年,因为喜欢混迹在"坏孩子"的阵营当中,我彻底被班主任"排挤",老师撤销了我学习委员的职务,撤下了我的入团名额,即便我的成绩始终占据着班级前五名的位置,她也不再正眼看我一下。我因此成了班里最晚入团的一批学生,被很多朋友用一种可笑的理由抛弃:"看,老宋不喜欢她。跟她玩,老宋也会不喜欢我们。"

15岁那年,我交到了自认为最好的朋友,隔壁班班主任的女儿。放学我们一起回家,一起温习功课,每天都在校门口吃上3块钱的麻辣串。即使晚自习要上到9点,也觉得在友情面前,中考不过是寻常考试,不值得紧张彷徨。可在某一日后,她突然不再同我说话。同班的女生用一种怜悯的表情告诉我,她被"三堂会审",就连教务处的领导都亲自出面,联合我的班主任和她的母亲,让她远离我,因为我是一个"坏孩子"。

你看,在我的很长一段青春时光里,我都认为自己是一个不讨人喜欢的孩子，这种认知不仅来自老师，也来自朋友。

高一那年，我认为只要认定了的朋友，唇齿间相碰许下了永远，便真的会走过一辈子，所以痴傻到只和她们几个人玩耍。直至被抛弃的那一刻才恍然惊醒，在这所偌大的市重点高中里，我孑然一人。

那时，每天最难熬的时刻便是出操，看着周遭三五成群、欢声笑语的青春少女，我双手插进口袋，耳朵里塞着耳机，看似冷漠地走着，内心却在无声地哭泣。

那时最羡慕的，是班里成绩优异、性格讨巧的优等生，是长相甜美、多才多艺的美少女，是八面玲珑、朋友众多的小可爱。

而我抱着一个黑皮日记本，白天趴在课桌上涂涂写写，晚上化身阴郁的小老太，写下了很多在现在看来异常可笑却无比真实的文字。

可青春不是自怨自艾，青春意味着你有无数的可能，意味着摒弃现实的纷扰，用你的双手，便可以任自己做着最纯粹的梦。

我开始每天翻看曾经的日记，找寻可以使自己变得更好的蛛丝马迹。那厚厚的一本日记中，有我幼稚的偏见，有自以为是的任性，还有混迹在男生中养成的飞扬跋扈。我站在镜子前面，看到满身是肉的自己，戴着宽大的黑框眼镜，眼神里流露着骄纵的印记。

我在16岁的那个冬天，列了一张硕大的"目标书"。

我计划着减掉身上的20斤肥肉，读完20本书，控制脾气，交上好朋友。一张白纸，被我涂得花花绿绿。我用红色的彩笔夸张地写着："不将文字变成铅字，誓不为人！""脾气脾气，离我远去！"……

我把它贴在书桌的正前方，一抬头就看得分明。

于是在冬日异常寒冷的北方小城里，我怀抱着暖手宝，在每一个课间奋笔疾书，赶着作业。

我将抽屉里所有的零食送给了周围的同学，那一刻，只觉得他们看我的眼神都是温暖的。

每晚临睡之前，我总会在台灯下读几页书，不论多少，然后按照网络上

教导的方法,从20个仰卧起坐做到200个,从100个空蹬自行车做到1000个,做立位体前屈、悬空抬腿……不论屋外是严寒还是暴雪,每一夜的我都会大汗淋漓。

在春夏交替的那个5月,气温总是忽冷忽热。班里来了一次大调位,我后面那个一笑便露出两颗虎牙的美丽姑娘,成了我自此之后人生中最重要的朋友。当脱下厚实的冬装、单薄的春装,换上夏装时,我拥有了人生中的第一条短裤。我成功地瘦了20斤。

虎牙美女轻轻戳戳我的后背,我回过头去,她扬着一张笑脸说:"我是从理科班新转来的蛋蛋,你长得好漂亮,我们交个朋友吧。"一只白皙纤长的手伸过来,我也将手伸了过去,说:"嗯,我叫小A。"

我把书桌前那张贴了半年的计划表取下,换了一张新的,依旧是花花绿绿的,却从最初那些夸张的语调变得温和——要发表文章,要进前十名,要和蛋蛋出去旅行。

你是不是也曾经在无数个夜晚痛哭,埋怨不见长进的成绩,难过心仪的男生牵了别人的手,抑或是自己的好友有了更好的朋友,甚至是父母无尽的争吵、苛刻的要求和总也停不了的唠叨?

亲爱的，请你放宽心，你要相信，现在你所经受的一切，都将化成泉水，浇灌你的成长。

我们在青春旅途中所走的每一步，都有其独特的意义。没什么是无用的，也没什么是枉然。所有的难过与伤痛都是短暂的，而正是拥有了它们，才会催生出更成熟、强大的你。

13岁那年的日记伴了我10年，它让我清晰明了地看到自己曾经傻气的模样。

14岁的"坏朋友"至今也是我的挚友，即便他们不曾考上好的大学，但总会尽其所能地照顾我这个不会嫌弃他们的"好学生"。

15岁的好友，现在也总会相聚，聊起当年被老师围堵的紧张，哈哈大笑地依旧挽着彼此的臂弯。也正是因为在那样的年龄经历过这些事情，所以笔尖下的故事涓涓涌出，让那一个个夜晚伏案写下的文字终究变成了铅字。

我早已不会再为点滴小事流泪，我学着去理解一切存在的合理性，笑对朋友，变得温和。这并非磨了棱角，消了个性，它只是让你变得好一点儿，再好一点儿。

在你人生最美的年华中，一切都值得原谅，一切都值得幻想。作家梦、画家梦、演员梦、总裁梦、主席梦……我们在最青涩的年纪里，编织着我们对人生的向往和期许。

可青春不只是梦，是努力，也是拼搏。

好的故事是一本本书，一次次书写的堆积；好的画作是一次次练习，一次次修改的成果；好的未来需要知识作为铺垫，需要行动做基石，需要坚持加固堡垒。

我在20岁那年将我的青春故事讲给大学的友人听，她满目憧憬，羡慕我多彩的经历。她的青春，也是我曾艳羡的：优异的成绩，丝毫不曾为那些曾让我哭泣的事情烦忧。

所以，我们每个人都拥有自己独一无二的青春。只愿在这最美的时光里，你不曾虚度，不曾后悔。愿你的青春不负年华。

唯有义无反顾，才能勇往直前

对于现在的年轻人来讲，不自信并不意味着自卑，而是一种不浮夸、不迷失的学习态度，会让学生有危机感，找到自己学习生活中的不足。对物理不自信就多思考、多练习，对英语不自信，就多背单词、多阅读。愿你用行动征服世界。

他们 只是看上去不努力

◇阿　紫

　　他是传统的学霸，应该是听话的书呆子。可他号称自己从不熬夜苦读，每天一副玩世不恭的样子。

　　我呢，看似很用功，上课认真听讲配合老师举手回答。同桌上课回来非塞给我一根台湾烤肠逼我吃，我只能趁着老师在黑板上写字的工夫偷偷咬一口，然后小心脏"扑通、扑通"充满了罪恶感。

　　下课我还偶尔跟同桌一起背几个单词，自习课上从不扰乱课堂，把MP3（音乐文件播放器）的耳机线从袖口拽出来，跟同桌一人一只，小心翼翼地塞进耳朵里，再用长头发盖上，假装很认真地低头写字，其实是在抄歌词，那已经让我觉得自己很叛逆了。

　　我也会读课外书，不是那种漫画跟武侠、言情小说，不是故意展示给别人看我要跟枯燥的教育做斗争，晚上很少在十点前睡。

　　一盒一盒地买磁带，听午夜各个波段的电台节目，我的电台情怀就是那个时候培养起来的。我磨磨蹭蹭地把老师布置的作业完成，可像我这样看似乖巧刻苦学习的好孩子，除了语文，其他成绩都差强人意。

　　有一次他把英语老师惹急了，我们英语老师向来心直口快，她指着那位男同学说："别看他一天天不学习，扰乱课堂，他是不让你们也跟着学，然后晚

上回家偷着学。你们一个个才真傻，上当受骗，你知道我跟他妈妈聊天，他妈妈告诉我，他回家话很少，吃完晚饭就开始学习，经常凌晨才睡，练习册做完一本又一本，做过无数套真题试卷，这些你们知道吗？"

教室里异常安静，我偷偷瞄了他一眼，他脸上带着一抹奇怪的笑容，似无所谓，似尴尬，他想极力地掩饰自己的情绪，手却在抠桌子下面。

其实，有一次我无意间翻到他的练习册，除了学校统一布置的外，还有很多从海淀密卷到北京四中的模拟习题，统统写满了答案，我就猜到了，他不是一个只聪明不努力的人，那些写满了答案的练习册不会说谎。

只是我想，如果他能更好地利用白天的时间，那么成绩应该不止于此吧？

大学的时候，系里边经常有逃课小分队，他们总是在上课的时候抢占最后一排，趴在桌子上睡觉或者读课外书，老师点名后就消失，可是他们之中就有人得奖学金，有的人一科不挂。

那是考试前的黑暗一周，我看到他们天没亮就去图书馆占座，晚上闭馆才回来，而我们在因为去吃烤肉还是火锅而争论不休。陪伴他们的是凌晨还不灭的一盏盏小台灯，是走廊里背题时踱来踱去的细碎的步子，而我们白日的作息并没有什么分别。

他们的努力跟平日里留给大家的印象相比，真的很容易被忽略、遗忘。最后的结果反而是，他们经常逃课，从不学习，天天不务正业，成绩好还能得奖学金，这不公平！

你身边可能还有这样的同事，他们经常上下班迟到早退，别人低头忙碌时，他总是睡觉、打游戏、聊天，不务正业，可是业绩很好，领导很赏识他，各个方面都能处理得井井有条，升职加薪一样不落下。而你拖着累得半死的身子，仰天长啸，这不公平！

真的只是不公平吗？

人家到底有多少个日日夜夜的苦读、加班你知道吗？只不过是没有在你面前努力而已。而你，却认真了。

你看似很努力，很上进，也只是看似而已。

我们承认有些人天资比我们聪明，可是机会是留给聪明且上进的人的。那些明星咬碎了牙齿，在无数个失眠的夜里痛哭过，却在访谈中潇洒地说，当初很幸运，考才艺的时候，只是跳了一段类似郑多燕健身操的舞，就被中戏录取了。

陪朋友去试戏，结果朋友没被录取，自己被导演看上了，从此一帆风顺走到今天。

刘德华最初跑组的时候还给曾志伟剪过头呢，多少帅哥磨破了无数双鞋，低三下四地给导演送照片跟简历，多少美女为了女N号而委曲求全。可是他们不会告诉你，这个过程到底有多艰辛，这一行当到底有多黑暗，就像那些写成功学案例的书不会告诉你，我其实是怎样努力的。

太自以为是，这就是聪明反被聪明误。世界那么大，高手在民间。你以为只有你最聪明，可其他人，其实并没有你想象中傻。

没有什么事情的结果是一定的

◇张德芬

年纪越大,越看越多,就知道那些自以为是的信念都是错的。

因为我们的"信念",都是建立在自己的损益观上面。

损益观就是我们每个人的人生算盘,这个合我的意,就是好的;那个不合我的意,就是不好的。但是,到底什么是对你好的,什么是对你不好的,不是由你的"意"来定夺的。

我们常常看不到"天意",而妄想用自己短视、无知的浅薄信念来主宰周边一切事情,到头来,才知道原来一切早有安排。

我人生中的第一笔财富,就是被朋友"陷害"来的。

当时北京房子不贵,贷款可以贷很高,我钱不多,订了一栋小房子,还介绍我一个朋友到同一个小区去买房。我还告诉她,我订的房子主卧朝北,等有主卧朝南的出来,我就要换。

那个朋友非常有钱,她买房不是自住,只是好玩投资。但是没想到小区放出一栋主卧朝南的房子,竟然被她抢走了。那天早上,小区销售打电话来说有这样一栋房子放出来,我说我下午过去,请他留着,没想到我下午去的时候,那栋房子已经被其他人签走了。我当时气急了,责怪那位销售经理,怎么这样不守信,明明我说要来买的,他却先卖给别人了。但是事情过后,也很过意不去，又痛失自己认为的好机会，非常伤心。

一个星期后我和那个朋友偶遇，她不经意地说："咦，我老公好像在你介绍的那个小区买了一栋朝南的房子。"一看我脸色大变，她还假意地说："哦，你喜欢，你要……那……那，我们换好了。"当时这真的是双重伤害，我很难过，哭了很久。

后来那个小区又放出一栋主卧朝南的房子，我先抢下来，准备退掉原来那栋。结果抢了之后，才发现原来那栋已经签约，退不掉了。如果我那个朋友当时没有来抢，我那时还没有签约，是可以退掉的。现在两栋房子在手上，我首付不够，很着急。最后没办法，硬着头皮和父母借了钱。

最后的故事你们都应该可以想象，北京房价上涨，但是，如果你只有一栋，你动不了，因为自己要住。如果有两栋，另外那栋就可以处理掉了。这样，我积累了人生的第一笔财富。如果当时不是她这样来搅局，以我的财力，是不可能买两栋的。

常常看到这样坏事变好事的例子，是我们无法预料的。

有一次在机场，准备值机的时候，有一个人匆匆忙忙地插队在我前面。我一改以往厌恶插队行为的习惯，让他先办，结果，他拿走了最后一个经济舱的位子，我就被升到公务舱了。

你有没有发现有些人就是能够把坏事变成好事，而有些人就是霉运连连？

我觉得这和我们的能量、态度有很大关系。如果你保持正念和善意，即使坏事出现，也不怨天尤人，而只是埋首做自己该做的事，那么你会发现这些所谓的"坏事"里面，其实隐含了美好的礼物。有的坏事，其实是来帮你的生命开启另外一扇窗户的，它可以带领你走入不同的世界，看到不同的风景，何必一味地拒绝呢？

我观察自己身后的生命轨迹，发现每一件我眼中的"坏事"，几乎毫无例外地为我带来一些好事、智慧、经验或意外的收获，真的让我更加感恩。是的，所以我另外一个重要的特质就是：面对好事的时候，一定要感恩。不要因为自己的运气好，就过于张扬、自以为是，那样的话，好事有可能会变成坏事。

怎样接受事情的不完美？很简单，就只需要承认：我不比老天知道得更多，它一定会给我最好的。这个没有了，还有其他的。

有人说这是"臣服"，而我现在更愿意说，这是"放下掌控"。不再自以为知道什么一定是对的，什么一定是错的。不再以为自己要的都是对自己好的，当你要的没有来临的时候，你是否能对自己说，既然没有得到，就表示有更好的在后面？

我们也都听说过"失之东隅，收之桑榆"这种说法，其实，这也是很多老人家说的，一个人的福气是有定数的，年少的时候太轻狂，把福气用完了，年老的时候可能过得比较辛苦。如果少年时多吃苦、努力，年老的时候就可以享享清福、安然生活。

我现在的生活当中，真的没有什么"一定要如此"的事情，我也许有"愿望清单"，希望事情如何发展，但是被教训多次之后学来的谦卑，和历经太多沧桑之后得来的智慧告诉我：没有什么事情是一定需要像你想的那样发展的。

也许是注定必须如此，没有"为什么"，也许是有更好的礼物在后头。无论是何者，维持着谦卑和不掌控的态度，至少能让你的生活更加轻松、没有负担，当然，你也会更加幸福、快乐。何乐而不为呢？

成长，请带上这封信

◇于 丹

孩子，妈妈现在跟你说的这些话，只是我现在的想法而已。作为一个成年人，我不敢说我现在的想法一定正确，你长大以后可以去修正它们，但这是我现在最想对你说的话。

常 识

孩子，人要有常识，要懂得社会上最基础的东西。你刚刚上完幼儿园时坚信的那些道理，妈妈希望你长大以后也坚信如初。

比如，任何事情要有秩序，要排队，要有先来后到。人越是长大，越是容易变得对很多事情不屑，会觉得那些事情很幼稚。

其实，一个人忘了在幼儿园学到的规矩的时候，反而是自己特别狂妄、特别无知的时候。妈妈曾经给你讲过木桶理论：一个桶，如果它是由长短不齐的板子箍起来的，决定水容量的是哪块板呢？你的答案很正确：最低的一块板子。

常识，就是我们的最低板。如果你对于这个世界的常识，包括你自己生活的各方面指标都能够达到60分以上，我不会太关注你有几个90分。如果你都在60分以上，那你已经是一名好公民了，你已经能够对自己负责。

90分是人生命里的锦上添花，但60分是人生命里的雪中送炭。我只希望你方方面面都在常识以上。

规　则

社会在进步，但有时候我们只欣喜于得到的东西，却忽略了付出的是什么。妈妈和你童年的游戏方式有着天壤之别。

妈妈小时候是20世纪70年代，在北京的胡同里，女孩流行玩丢沙包和跳皮筋。橡皮筋一角钱可以买一大把，然后我们一根一根地把它们套起来，连成一根皮筋，从脚踝到腿弯到大腿到腰间到肩膀，可以一直跳到"大举"。

那时穷有穷的玩法，而且我们的玩法很公平，输了绝对不许耍赖，谁输了谁就得下来撑皮筋。这是一种游戏规则。

现在，小区里几乎每个孩子都有一个滑板车、一双轮滑鞋，你们滑到彼此面前，打个招呼又散开了。你们拥有的空间越来越大，速度越来越快，但你们已经失去了一个群体游戏的环境。滑板车和轮滑鞋给了你们自由奔跑的速度，却缺少了大家都必须服从的规则。为什么有些小朋友容易耍赖？因为他们处于规则之中的时间越来越少了。

妈妈小时候和同龄人一起跳皮筋、丢沙包，你要是耍赖，人家就不和你一块儿玩了。所以我们会自己解决规则认同的问题。

你们也是好孩子、乖孩子，但你们在玩的时候缺失了对规则的协商和认同。当所有的孩子都踩着滑板车在速度中独往独来时，你们怎么能懂得牺牲和谦让？

妈妈希望你从小就找到一种生命的自觉，一种建立在服从基础上的自觉。这种服从是伦理的服从，规则的服从，个人对集体的服从。为什么很多考上大学的高才生，总是磕磕碰碰、与人有那么多冲突呢？到了你念大学时再告诉你什么叫作"规则"，已经晚了。

犯　错

孩子，人犯错是难免的。《论语》里子贡说过，一个君子犯了错，就像太阳的日食、月亮的月食一样，有过错时，人人都看得见；改正后，大家照样会仰望它。所以，妈妈从来不希望你做一个完美的孩子，但妈妈希望你犯错以后，能勇敢站出来承担自己的责任，能说一声对不起，这就是勇气。

人总是要为自己买单的，任何事，不管是做错了，还是受伤了，没人能替代你，最爱你的人也不能替代你。

敢于认错，比不犯错重要，能改错比敢于认错更重要。这是对自己负责，也是对别人负责。

生命的修复能力

你四岁时，在手工课上做了一个花篮。有一天你"哐当"一声把花篮摔了，花篮一角摔出了一道三角口子，你"哇"地哭了。

我说："我们试试，看看能不能让花篮比没摔破时更漂亮！"我们又是剪又是贴，你还用彩笔画上颜色，最后，我们做出来一个非常漂亮的花篮。

你对我说："妈妈，我懂了，哭是没用的。"我听了很欣慰。但让我微微郁闷的是，后来家里不论打坏什么东西，你都特别高兴，说："我们试试，看能不能让它比没坏的时候更好看！"

当然，不是所有的东西都能做得比它没坏的时候更好，我们的底线只能是不让它更坏。这是一种生命的修复能力。

一个人一辈子会遇上什么事情，我们无法左右，但是修复生命的能力，在我们自己的掌握之中。这种能力，我觉得在四岁时告诉你，并不算太早。

伪命题

孩子，很多时候人是被自己吓着的，是被别人的以为击垮的，人这辈子要是不被伪命题绑架，可以免去很多烦恼。

这是一个众声喧哗的时代，电视上、网络上、微博上，会有太多声音去评判一件事情的是与非。别人的以为，并不一定能替代你的判断。

前两天吃饭时，你问过我一道你们小学二年级的四则混合运算题，你说527减107，跟527减100加7相等吗？我当时吃着饭，真是不假思索就说："相等啊，一样啊。"

你听了哈哈大笑。你说："妈妈，你算算看。"我停了筷子认真地想，527减107是420，527先减去100，再加上7，是434。我惊讶地发现这两个看起来那么相近的式子，结果却不一样。

所以你看，我们以为的事情有多少其实并不是真相呢？我们总是习惯于以自己的经验去判断一些似是而非的事情，我们常常被自己的"以为"害了。更容易被害的，是众人的"以为"。

如果所有的事情，用自己的心去好好考评，你长大后就会发现人的烦恼、恐惧、惶惑，很多不安都是并不存在的伪命题。或者是即使存在，也没有你想象的那么夸张。

科学与艺术

孩子，妈妈希望你能够保持对科学、对艺术的信任。科学能让人避免无知，艺术能让人活得有趣。

你曾经在三四岁的时候拉着妈妈看迎春花和连翘有什么区别。你带我看它们的花瓣形状、它们是向上长还是向下长的，你观察之仔细、描述之清楚，令我自愧不如。

你也是从三四岁的时候开始喜欢弹钢琴。虽然你后来练琴很辛苦，但那真的是你小时候坚持的。

不知道你长大以后对科学和艺术还会不会这么信任。人的一生会遇到无数的困难，一个相信科学的人，不会陷落于愚昧，也可以减少很多因无知而生出的恐惧。

我们今天这个社会，在你小时候还记忆不深的这个社会，是喧嚣、浮躁的。我特别希望，我的学生——那些哥哥姐姐，还有你长大以后的社会能更理性。每一个公民的理性，其实是从他们拥有信任科学的态度开始的。妈妈是一个数理化学得很差的人，但我深信科学能带给人理性。

你常说，我妈妈会背那么多诗，但我妈妈不会弹钢琴。我很惭愧，这一点我不如你。但我不要求你钢琴一定要考过多少级，我只希望你能够保持对艺术的热爱，能在艺术里找到一种释放。不论你长大后遇到多少挫折，甚至受多少伤害，我依然希望你能保持对善良和尊严的信任。你能够救你自己。

成长比成功更重要

现在，社会上关于成功的教育太多了，我们几乎把成功作为人生的终极目标。但我始终认为，成长比成功更重要。

成功，或许是一个评判人的标准，但只是成长的一部分标准。成长是一套综合、多元的标准体系。只要一个人的生命能成长，就一定有未来。

有这样一个故事，一个年轻人对料事如神的老酋长很不服气，有一天他捉了一只刚孵出来的小鸟放在身后，问老酋长："我手里的小鸟是生还是死？"他想，你要说它是活的，我就手指一捻掐死它；你要说它是死的，我就手心一张让它飞起来。结果，那位睿智的老人只是宽容地一笑，他说："生命就在你的手中！"

这是一个好故事，它关乎生命的成长。所有时间中，最重要的就是当下；所有权利中，最重要的就是成长。

成长是一个过程，成功是一个结论；

成长是相关于生命的评价，成功是相关于社会的评价；

成长是一个内在的系统，成功是一个外在的体系。

妈妈更希望你注重心灵、注重自我、注重人格，而不是那么在乎外在的标签。

孩子，你长大以后，可能会修正妈妈的想法。再过十年八年，也许妈妈也会修正自己的想法。但这些是我现在最想跟你说的话。妈妈就是希望你能成为一个身心健康、有独立的生存能力和快乐能力的好人。

丫头：我告诉你，当学霸最酷

◇六神磊磊

大家先来猜一个人：

一个十六七岁的女孩子，孤儿，从小在黑社会里混，师父是教父级的黑老大，同班同学个个是人渣恶棍，最善于自相残杀，她也被迫学了一身下毒放蛊杀人灭口的本事。

你猜这是金庸小说里的谁？

"是阿紫！"

对这个答案，我只能给50分，因为还漏了一个答案：程灵素。

阿紫同学在星宿派长大，是近现代文学史上一个经典的坏女孩形象。

说起她学坏，我们总倾向于一种解释：她成长的环境太恶劣了，她就读的学校太垃圾了，她的同班同学太极品了，她不学坏才怪。由此我们得出了结论：阿紫变成不良少女，是因为环境太坏。

但这难以解释另一个问题：程灵素为什么就学好了？

程灵素的成长环境，和阿紫的非常相似——都是一所烂学校，一群烂同学。

关键的是，她的学校和阿紫的一样，都是大名鼎鼎的黑帮，也特别擅长玩毒药，能让各自时代的最强武力拥有者——萧峰和苗人凤们听了就皱眉头。

几乎完全相同的环境，程灵素却长成了和阿紫完全相反的人：善良、仁爱、宽容，绝不滥杀无辜，心灵十分健全，为什么？

唯一的解释，就是程灵素有一个师父——毒手药王。

小姑娘的成长，有时候起导向作用的不是那些真、善、美的东西，而是另一个字儿：酷。她未必会认同最善的、最美的，但往往会羡慕和追求那个最酷的。

想象一下这个场景：我们的小姑娘程灵素到了青春期。她坐在教室里，瞪着乌黑的大眼睛，懵懂地寻觅着一切新奇炫酷的东西。

女同学薛鹊来告诉她：抽烟、喝酒，能把女同学叫到厕所里抽耳光、喂血馒头、剥光痛打最酷。

男同学慕容景岳告诉她：上街打架斗殴最酷，外面有几个坐过牢的兄弟最酷，能把仇人扔坑里填土活埋，然后坐边上吹口琴最酷。

在一片嘈杂的声音中，我们的小姑娘程灵素却没有学坏。

因为在她面前，总有毒手药王那寂寞、枯瘦却又无比伟岸的背影。它似乎总在无声地说：丫头，别信这些人。我告诉你，当学霸最酷。

在讲台上，药王不算是一位好老师。看《飞狐外传》原著，总觉得他说话有点儿啰唆，不够简洁精到，不善教育人。药王对程灵素的影响，不在于教诲，而在另外两个方面：一是自身超强的学术水平，他让程灵素高山仰止、无比崇拜；二是以身作则的宽厚人格，他的恢宏和宽博，正是程灵素仁慈、宽容性格的来源。

药王没能改变程灵素的师门环境，却以自身的光芒，成为她的人生灯塔。对于女孩子，与其教诲她，有时候不如照耀她。

当然，灯塔这种东西，出现得不能太早，也不能太晚。

阿紫后来也碰到了人生的灯塔——乔峰，可惜晚了，她已经到了十六七岁，性格养成了，星宿派绝技都已经学会全套了。

程灵素就比较幸运，毒手药王改名无嗔，脾性和气质最好的时候，她恰好十三四岁，正是养成性格的关键年纪。

莫言的第一步与村上的第一步

◇林少华

我觉得，除了鲁迅那样格外伟大的作家，许多作家走上文学道路的第一步都可能是相当卑微的，至少不那么伟大。比如如今很伟大的莫言，比如伟大了好多年的村上春树。

先说莫言。这位2012年度诺贝尔文学奖桂冠的摘取者是如何迈出第一步的呢？

好在莫言对此毫不忌讳。莫言从未像他贤侄那样暗示自己是齐国重臣管仲的后裔——甚至在美国斯坦福大学演讲的时候也敢于"家丑外扬"，宣称他当作家的初衷就是为了每天吃三次肥肉馅饺子。为了史实的严肃性，容我将原话照搬如下：

"我的作家梦是很早就发生了的。那时候，我的邻居是一个大学中文系的学生，被开除学籍、下放回家。我与他在一起劳动……我们最大的乐趣就是聚集在一起谈论食物。

"大家把自己曾经吃过的或者听说过的美食讲出来让大家享受，这是真正的精神会餐。说者津津有味，听者直咽口水。大学生说他认识一个作家，写了一本书，得了成千上万的稿费。他每天吃三顿饺子，而且是肥肉馅的，咬一口，那些肥油就唧唧地往外冒。我们不相信竟然有富贵到每天都可以吃三次饺

子的人,但大学生用蔑视的口吻对我们说,人家是作家!懂不懂?作家!从此我就知道了,只要当了作家,就可以每天吃三次饺子,而且是肥肉馅的。每天吃三次肥肉馅饺子,那是多么幸福的生活!天上的神仙也不过如此了。从那时起,我就下定了决心,长大后一定要当一个作家。"

决心产生行动。据莫言的哥哥管谟贤介绍,1974年,即莫言19岁那年,他被派到胶莱河工地干活儿。寒冬腊月,滴水成冰,冷得晚上睡觉时鞋直接冻在地上拔不出来。而且活儿又累人,干部非打即骂——就在这样活着都很艰难的严酷环境里,"莫言竟然尝试写小说"!不过,莫言可就没有村上幸运了。村上写第一篇就获了奖,而他写一篇被退稿一篇,直到1981年才在保定市一家名叫《莲池》的一般文学刊物上勉强变成铅字。

下面说村上。别看村上比莫言大六岁,而迈出第一步的时间却比莫言晚了四年。当然,村上不可能为了一天吃三次肥肉馅饺子——村上当时在开爵士乐酒吧,他亲自掌勺,除了没有肥肉馅饺子,想吃什么有什么。那么说村上写小说的初衷就比莫言伟大了不成?却又未必。村上不止一次不无得意地提到这一点。为了同样保持史实的严肃性,让我把他谈跑步那本书中的一段话照译如下:

"写小说念头的出现可以锁定在一个时刻：1978年4月1日下午1:30左右。那天，我在神宫球场外场席一个人喝着啤酒看棒球赛。从所住公寓步行去神宫球场没几步远。我当时就是益力多棒球队的球迷。天空一丝云絮也没有，风暖融融的，一个无可挑剔的美妙春日。那时的神宫球场外场没有设置座位，斜坡上只铺展了草皮。我歪在草坪上，一边啜着啤酒仰望天空，一边悠然自得地看球赛……第一击球手希尔顿（从美国新来的年轻外场手）打出左场球，球棒迅速击中球中心，那尖锐的声音响彻整个球场。希尔顿飞快地绕过一垒，三步两步跑到二垒。'好，写小说好了！'——就在那一瞬间我动了这个念头。一碧万里的天空，刚刚返青的草坪的感触，球棍惬意的声响，这些现在我都还记得。那时，有什么从天空静静飘落下来，而我把它稳稳接在手中。"

这个念头催生的就是《且听风吟》那篇处女作。一出手就获得了好生了得的"新人奖"，从此长驱直入，而后有莫言也读过并感叹"那样的作品我写不出来"的《挪威的森林》和《海边的卡夫卡》。

看来，无论莫言还是我们大家都应感谢那一时刻的那一尖锐而惬意的声响。当时球场所有观众肯定都听到了那一声响，但唯独村上从中听出了上天的召唤，一如工地干活儿的人中唯独莫言因为听了"一天吃三次肥肉馅饺子"的描述而下了当作家的决心。恕我重复，作为文学之旅的第一步，两个人都谈不上伟大。较之伟大，更近乎卑微——卑微的第一步。

好的改变，什么时候都不嫌晚

◇敬一丹

我谈不上是什么成功人士，只不过是干电视工作的，如果说还取得了一点儿小小成绩的话，不过是比别人多付出了一些汗水而已。回头看自己走过的路，我觉得每一个脚印里都盛满了坎坷和踏实。

从北京广播学院毕业后，我回到了家乡黑龙江，在省人民广播电台工作。我的文化底子薄，于是我报考了母校的研究生，可连续两次名落孙山。当时我已经29岁了，但就这样放弃，我又有些不甘。母亲是位知识女性，她对我说："人的命运掌握在自己手里，真要想改变自己，什么时候都不晚。"

"什么时候都不晚"，就是这句话，让我第三次走进了考场，终于在30岁那年成为北广的研究生。拿到录取通知书时，我感慨万千，30岁，我的人生又有了一个新的开始。

入学不久，我就结婚了，丈夫在清华大学读研究生。虽然有了家，但我们依然住在各自学校的集体宿舍里，一日三餐在食堂里吃饭，和单身生活没什么区别。3年的苦日子熬过后，我留校任教了。一个女人在大学里当老师，工作既体面又轻松，收入也不错，而且有很多时间照顾家庭。很多人都羡慕我，但我对自己的生活状况并不满意，我觉得自己是学新闻的，应该到一线去做更有挑战性的工作。

33岁那年，中央电视台经济部来北广要人，经过面试、笔试和实践考核，我幸运地被录用了。当时来自亲友们的阻力很大，他们说我是头脑发热，都30多岁的人了，还瞎折腾什么！

在人生的关键时刻我又一次犹豫了，我真的还有能力面临这次新的人生考验吗？那段时间，我不断地想起母亲的话："人要想改变自己，什么时候都不晚。"我最后的决定是，不管怎么样，不能让自己的人生留下遗憾，哪怕失败了，我也无怨无悔。就这样，我以33岁的年纪走进了中央电视台，成为一名主持人。

中央电视台人才济济，竞争很激烈，我知道自己没有任何优势，只有多付出心血和汗水，才不会被淘汰，才站得住脚。我虚心向比我年轻的同事学习，经常在办公室加班加点到深夜，把每一项简单的工作当作重大的使命来完成。付出不一定有回报，但不付出绝对没有回报。经过不懈努力，我不仅在中央电视台有了一席之地，还以自己的名字开辟了《一丹话题》这个专栏，这是全国第一个以主持人的名字命名的节目，观众的反映还不错，这给了我很大的信心。

一转眼我就到了40岁，看到镜子里自己眼角细密的皱纹，我突然有一种深深的危机感和失落感。40岁，对一个女人来说，是道迈不过去的坎，尤其对女主持人来说，更是尴尬的年龄。

我把自己的困惑和烦恼向母亲倾诉，她说："丹啊，你不觉得这十几年来，你是越来越美丽了吗？每个人都不可避免地会变老，有的人只是变得老而无用，可是有的人会变得有智慧、有魅力，这种改变，不是最好的吗？"那一刻，我迷茫混沌的心豁然开朗，是啊，年轻女主持人的本钱是美丽和青春，而40岁的我，虽然青春和美丽已经不再，但我可以靠自己的智慧、学识、修养和内在的气质来赢得观众的喜爱。年龄对一个人来说，可以是一种负担，也可以是一种财富。心态平和了，工作的热情又重新回来了，尽管我已40多岁，但领导依然让我在栏目组里挑大梁。

我特别感谢母亲，是她在那些关键的时刻解开了我的心结，告诉我人生的方向应该把握在自己的手里。如果到了50岁、60岁，又有新的梦想在诱惑我，我想我依然会义无反顾地朝着它走去。好的改变，什么时候都不嫌晚。

90% 的人倒在了这条叫成功的路上

◇艾　力

《星际穿越》的热映让一位作家被更多人认识——科幻小说《三体》的作者刘慈欣。很多人将《星际穿越》与《三体》联系在一起，觉得编剧兼导演诺兰肯定参考过《三体》的故事。《三体》英文版获得美国科幻奇幻作家协会2014年度"星云奖"提名，《纽约时报》也曾撰文评论。

其实，刘慈欣从事科幻写作已久，他曾连续八年获得中国科幻小说最高奖项"银河奖"，被粉丝们亲切地称为"大刘"。这位中国最畅销的科幻作家孤身将中国科幻文学提升到世界水平。

大多数时候，刘慈欣只是待在自己的单位里，一家地处山谷的偏僻电厂。在那个叫"娘子关"的地方，他完成了《三体》三部曲的创作，共88万字。

自1999年处女作《鲸歌》问世，到2010年完成的代表作《三体》系列，刘慈欣说，感觉自己的创作就像一名导游，带着读者去游览自己想象的世界，他带着这个"旅行团"已经转了十余年。

十年苦功不寻常。

2015年春天，《我是歌手》第三季让李健成为文艺男神。早在2001年，他就与卢庚戌成立了"水木年华"组合，发行了两张专辑。2002年他选择单飞后，又发行了数张专辑。真正让他大红大紫的，却是十几年后的这个舞台。

强大需要很多机缘。李健说,像春晚上"天后"王菲翻唱自己的《传奇》这样的机会,不是每个人都有。但当机会到来时,如果你只有一首《传奇》是不行的,你必须有很多作品。**你所有的积累,可能就是为那样一个真正的机会所准备的。**

这两个几乎众所周知的故事,以及其他我们熟悉的所有成功者的故事,都在印证着一个真理:坚持就是成功。

坚持就是成功,这是一件人人都明白的事。但90%的人倒在了这条路上。

我的同学B来自农村,在经过初中英语老师的Chinglish(中国式英语)洗礼后,考入了市重点中学念高中。刚进学校时,他对英语学习依然热情高涨,积极加入了英语阅读小组,参加英语辩论赛。

之后,他埋头背单词、背句型,在英语笔试中成绩优异,但对英语口语完全失去了兴趣与信心。

大学毕业后,他进入一家外企。虽然是技术人员,但也需要用英语与人交流。于是,他重新制订了英语口语的学习计划。然而,只坚持了不到两周,口语拯救计划就失败了。

计划做了一次又一次,却总因为各种各样的原因而放弃。他也知道只要能每天坚持练习,不再畏惧在他人面前自信、大声地说出英语,可能就会成为自己期待中的口语达人。为此,他试过了各种方法,参加学习小组、网络打卡、惩罚自己……如此几番折腾后,他也没能看到成功的曙光。

不只是我的这位同学,还有很多人都是这样"死"在了坚持的路上。

想减肥的人,找来了各种减肥的秘籍,给自己制订了看起来最完美的计划,但计划实行不到一半,大部分人就放弃了;想戒烟的人,告诉自己和亲人,自己这一次一定要成功戒烟,于是销毁了身边所有的烟,让身边的人都来监督自己,但没多久他就又开始抽烟了;想学习一门新技术的人,给自己买回了各种学习资料,要求自己每天看多少页书、做多少道训练题,但总是一本书没翻几页就束之高阁,落满尘埃……

很多人认为自己不能坚持下来,是因为没有足够的意志力。于是为了让自己有足够的意志坚持，采用了无数的方法。

把200元钱交给身边的同事，告诉同事如果自己在这两周内吃肉，这200元钱就充公了；如果吃了冰淇淋，就惩罚自己跑5000米；在房间里贴满了"你一定能减肥成功""你的目标是45公斤""不要乱吃垃圾食品""给我运动去"的便笺……

但失败，依然是失败。

直到最后，能用的方法都尝试过了，仍旧只能一边眼看着自己放弃，一边埋怨自己意志薄弱。

减肥失败，我意志力不够！

戒烟失败，我意志力不够！

学习失败，我意志力不够！

被埋怨了一辈子的意志力，可真是受尽了委屈。在《干劲的开关》里，作者说，"影响结果的不是斗志，而是科学"。

心理学家沃尔特·米歇尔（Walter Mischel）曾经做过一个著名的心理学实验。在实验中，小孩子有两种选择：要么立刻吃到1个棉花糖，要么15分钟后得到两个棉花糖。

经过20年的追踪调查，他发现，当初选择等15分钟拿到两个棉花糖的孩子，基本在各个方面都要优于迫不及待就吃掉棉花糖的孩子。因此，人们得出结论，失败的人更难抵制诱惑，而其根源就是意志力的缺乏。

Change Anything（《改变一切》）的作者重复了这个实验。最初，只有1/3的孩子能坚持15分钟。然后，作者对实验过程进行了调整，在实验前先教孩子们一些技巧，例如转移注意力等。结果能抗拒诱惑的孩子多了50%。

很多时候，我们不能坚持某个计划，只是简单粗暴地将其归为自己意志力薄弱，一方面痛恨自己，一方面又觉得自己不可救药。而实际上，对任何人来说，意志力就像一个人的精力一样，都是有限的。"坚持就是成功"的实现，除了意志力，更需要配合一定的方法和技巧。只有掌握了这些方法，我们才能成为那10%的人。

人生 永远没有太晚的开始

◇摩西奶奶

今年，我一百岁了，趋近于人生尽头。回顾我的一生，在八十岁前，我一直默默无闻，过着平静的生活。八十岁后，未能预知的因缘际会，将我的绘画事业推向了巅峰，随之带来的效应，便使我成了所有美国人都耳熟能详的大器晚成的画家。

我的老伴已离世多年，孩子们也依次被我送走，我的同龄人也一个个离开了我。我觉得自己越活越年轻，越来越喜欢与年轻的曾孙辈们一起玩。他们累了、倦了，便喜欢围坐在我身旁，不嫌曾祖母絮叨，听我说些老掉牙的人生感悟。

有人问，你为什么在年老时选择了绘画？是认为自己在画画方面有成功的可能吗？我的生活圈从未离开过农场，我曾是个从未见过大世面的贫穷农夫的女儿、农场工人的妻子。在绘画前，我以刺绣为主业，后因关节炎不得不放弃刺绣，拿起画笔开始绘画。假如我不绘画的话，兴许我会养鸡。绘画并不是重要的，重要的是保持充实。不是我选择了绘画，而是绘画选择了我。

有年轻人来信，说自己迷茫困惑，犹豫要不要放弃稳定的工作，做自己喜欢的事情。人的一生，能找到自己喜欢的事情是幸运的。有自己兴趣爱好的人，才会生活得有趣，才可能成为一个有意思的人。当你不计功利地全身心地做一件事情时，投入时的愉悦、成就感，便是最大的收获与褒奖。今年我一百岁了，往回看，我的一生好像是一天，但在这一天里我是尽力开心、满足的。我不知道怎样的生活更美好，我能做的只是尽力接纳生活赋予我的，让每一个当下完好无损。

七岁的曾孙女抬头问："我可以像曾祖母一样开始绘画吗？现在开始还来得及吗？"我将她拥入怀里，摩挲着她的头发，紧握着她的小手，注视着她，认真回答："任何人都可以作画，任何年龄的人都可以作画。"不喜欢绘画的人，也可以选择写作、歌唱或是舞蹈等，重要的是找到适合自己的道路，寻找到你心甘情愿为之付出的时间与精力，愿意将终生献给喜爱并坚持的事业。

人之一生，行之匆匆，回望过去，日子过得比想象的还要快。年轻时，爱畅想未来，到遥远的地方寻找未来，以为凭借努力可以改变一切，得到自己想要的。不到几年光景，年龄的紧迫感与生活的压力扑面而来，我们无一幸免地被卷入残酷的生活洪流，接受风吹雨打。

我的孩子们，投身于自己真正喜爱的事情时的专注与成就感，足以润色柴米油盐酱醋茶这些琐碎生活带来的厌倦与枯燥，足以让你在家庭生活中不过分依赖，保留独属于自己的一片小天地。寻觅到一位懂你、爱你的伴侣，两个人组成的小小世界，足以抵挡世间所有的坚硬，即使在面对生活的磨砺与残酷时，也不觉得孤苦，不会崩溃。孕育小生命的过程，会感觉到生命的奇迹，会获得从未有过的力量。当一双小手紧抓着你时，完全地被依赖与信任会让你感受到自我的强大，实现自我蜕变式的成长。

人生并不容易，当年华已逝、色衰体弱时，孩子们，我希望你们回顾一生时，会因自己真切地活过而感到坦然，淡定从容地过好余生，直至面对死亡。

尊重 这个不可思议的世界

◇辉姑娘

尊重是什么？很多人会说礼貌、平等、友好地讨论问题，理智地分享观点……没错，这些都是尊重。事实上，我们内心都有一条并不公开的底线——如果遇见的事物超出了常理的认知，我们还会拥有如上描述的气度吗？

一位报社总监带着实习记者去被访对象家中做采访，那是一位老画家，无儿无女，独自生活。他们进门的时候吃了一惊——屋子里散发着霉臭的味道；袜子与内衣随便堆放在一起，时不时蹿出几只蟑螂；许多用过的泡面盒扔在桌子上，里面堆满烟灰，已经长出绿毛，看上去可怕极了。

他们几乎是在各种杂物中"开辟"出一条路来才走到沙发旁边的，为了坐得宽敞一些，只好自己动手把沙发上那些沾满颜料的画笔与调色板以及大堆废纸团挪到地上。当做完这一切，终于可以坐下来聊天时，实习记者已经快把眉毛皱烂了。

老画家却没什么不好意思，很坦然地接受了访问。采访结束后，两个人与老画家道别，他说："谢谢你们来采访我，但是麻烦临走时把沙发上的那些东西复位，一会儿还要用的，我怕找不到。"总监又把那些画具一一摆放回原位。

出门以后，实习记者十分不理解，愤怒地说："那么乱的家有什么可复位的？他都不会不好意思吗？"

总监笑着说:"不必生气,因为也许他真的觉得那就是最合理的生活方式,我们看到的杂乱无章,在他眼里就是井然有序。"

"没人会过这样可怕的生活!"她依然愤愤不平。

"我们不会这样生活,可他这样生活,我们也没有资格批判和敌视,因为他有属于自己的价值观与理念。未必正确,但须尊重。"

很多时候我们无法做到"尊重",只是因为面对的事情实在超出了"常理",颠覆了我们认可的人生观与世界观,与我们所受的教育背道而驰。然而冷静下来再思考,每个人都是自由存在的个体,都有选择生活方式的权利。哪怕是公认的荒谬或诡异,只要不违背人类的道德与法规,就无法抹杀其存在的意义。

一位台湾学者写过一篇《日本地震教我们的事》。他在文章中总结了日本电视媒体在灾难来临时的冷静、客观与专业。所有拍摄的镜头都严格保持一定的距离,电视机前的民众几乎见不到血腥、死亡与声嘶力竭的号啕大哭。

某天,NHK(日本放送协会)想采访一位父亲与幸存儿子的灾后重逢,在询问父亲的意见时,父亲考虑了一下,然后抱歉地请媒体等一下,他要征询儿子的意见,然后转身进了病房。摄影机开着,面前是白色的门帘,整整两分钟,在播出时一动未动,一刀未剪,直到那位父亲出来示意可以进去拍摄了。整个过程耐人寻味,引人深思。

在给予被采访者足够理解的同时,也给予观看者足够的知情权,这是作为媒体须给予的双重尊重。这种优雅与稳重的采访得到了全球舆论的一致赞许,NHK的报道被评价为"绅士般的报道风格"。

很多时候,尊重绝不仅是社交场合的礼节,而是来自一个人对另一个人自然的平视,发自内心的平等对话,质朴而明确,不功利也不廉价。

尊重合理的一切并不难,难的是尊重不合理的一切。能克服这种困难,本身就是一种伟大。

不歧视他人的处世态度,不干扰他人的生活状况,给予彼此独立的个人空间,并体谅对方以任何形式存在于这个社会,以平和的心态去接纳所有看似不可思议的事物,这才是真正高贵的处世与灵魂的优雅。

笨拙 才是大智慧

◇星　云

　　一个人不聪明，动作迟钝，反应慢半拍，就会被人讥为"笨拙"。但有的人故意表现出笨拙，所以老人家自称"老拙"，高僧大德自称"拙僧"，以"拙"自得，以"拙"自谦。其实拙是一种深藏不露的智慧。

　　一、大智若愚是拙：有的人深懂处世哲学，知道不该出头的时候不能强出头，不该显露锋芒的时候不要锋芒毕露。平时总是表现出愚笨的样子，其实他冷眼旁观、分析局势的变化，必要的时候，总能一语点醒梦中人。

　　二、难得糊涂是拙：郑板桥先生一生为官，自有一番心得，他曾以"难得糊涂"四个字，卖给有钱士绅，得三十两白银。其实，"难得糊涂"价值何止三十两银子，能懂得此中之妙的话，可说一生受用无穷。

　　三、装聋作哑是拙：有一次，六祖惠能大师集合大众说："吾有一物，无头无尾，无名无字，无背无面，诸人还识得否？"神会禅师即刻站起来回答："这个我知道，是诸佛的本源，是神会的佛性。"六祖听后呵斥他："跟你说过，无名无字，你偏要唤作本源，偏要唤作佛性，你就是将来有出息，也是个知解宗徒，也只是个知识分子！"所以，有时候装聋作哑是比语言更高的智慧。

　　四、以退为进是拙：有的人，利益当前，明明可以抢占，却放弃；明明可

以高升,却后退。有人以为他放弃机会和成就,太愚笨了。其实他深知"进步哪有退步高",所以一点儿也不笨。

五、呆若木鸡是拙:有一位斗鸡师名叫纪省子,训练斗鸡远近闻名,他接受周宣王之托,训练一只勇猛无比的斗鸡。数十日后宣王催问结果,纪回答道:"还不行,此鸡生性自狂自傲,只会虚张声势,其实遇到强者,不堪一击!"宣王等了多日,再问如何。纪回答道:"还是不行,此鸡沉着不够,一听到其他鸡叫就会冲动,还不是大将之风!"又过多日,宣王再催,纪回答道:"大王!现在仍不行,此鸡一接近其他鸡,就会雄起赳气昂昂,如此匹夫之勇还不是最好的斗鸡。"最后,宣王失望,不再催问。一日,纪省子主动向周宣王报告:"大王!任务已完成。此鸡现在听到其他鸡啼叫,恍如不闻;见到其他鸡跳跃,恍如不见,简直就像一只木头鸡,气定神闲,已是全能全德。其他斗鸡只要见到它,就会落荒而逃,不战而胜,这才是真正的斗鸡。"可见,"呆若木鸡"非拙也。

唐宋八大家之一的苏东坡曾慨叹:"人皆养子望聪明,我被聪明误一生。"可见"拙"一点儿,人生会比较平安、顺利。

世界太公平，只奖赏努力的人

人读书越多，越不会被外在的环境所困扰，越不会被寂寞孤独这样可怕的东西所折服。因为书籍逐渐在人的心灵里，建造了一个完全独立于外界力量的王国，这个王国是被心灵完全拥有的，在这个世界里栖居着令人神往的古今中外丰富而伟大的灵魂。

除了用功，你还需要一点儿灵气

◇唐宝民

司马迁在《史记》中记述陈平，说他"少时家贫，爱好读书……独自和哥哥陈伯一块儿居住。陈伯平常耕种田地，听凭陈平在外游学"。显然，陈平是一个喜欢学习的人，也正因如此，他才拥有了不同于常人的见识，成为一个才华出众的人，并因此受到刘邦的重用，最后官居丞相。但读完《史记》中关于陈平的记述，感觉这个人之所以能成功，除了拥有才华之外，也与他的机智关系很大，在两次突发事件中，陈平都急中生智，使事情得到了解决。

陈平早先曾归附项羽，后来感觉项羽难成大事，就只身逃走了。逃到黄河岸边，恰见一船夫撑船过来，他就上了那条船。然而，那名船夫的贪心很重，他见陈平举止不凡，料定他是一名逃亡的将士，猜想他的腰中一定带着珠宝玉器，便死死盯着他，打算杀人劫财。陈平是何等聪明的人物！他很快从船夫的眼神中发现了问题，意识到自己已经处于极度危险中。那名船夫，膀大腰圆，如果真的交手，自己未必打得过他；最主要的是，自己尚在船上，且不谙水性，而船夫天天在水上待着，一旦故意将船弄沉，到了水下，自己就一点儿办法都没有了。怎么办呢？陈平想了想，忽然急中生智，他一边和船夫谈笑风生，一边嚷着天太热了，便随手将上衣和裤子脱下，只穿了一条短裤。船夫看了，才知道这个人身上没有珠宝玉器，也就不再想谋害他了，于是，陈平顺利

地渡过了黄河,逃过了一劫。

  淮阴侯韩信打败齐国后,自立为齐王,派使臣告知刘邦。刘邦得报后,气得脸色都变了,想当着来使的面大骂韩信。如果此时刘邦与韩信真的就此撕破脸皮的话,后果就十分严重了。因为那个时候,韩信已经拥兵自重,其实力与刘邦不相上下,所以他才敢自立为齐王。如果刘邦与他翻脸的话,他很可能公开与刘邦决裂,另立山头,和刘邦对着干,这样一来,刘邦就少了一个朋友,多了一个敌人,而且,就实力比拼方面来看,最终谁胜谁负,也未可知。所以,对于韩信自立为王的做法,刘邦的明智之举就是忍辱负重,笼络住韩信,暗中发展自己的实力,同时慢慢达到削弱韩信的实力的目的。陈平对这一切看得很清楚,刘邦打算当着来使的面发火的时候,陈平就站在刘邦的身边,看到刘邦面露不悦之色,有大发雷霆之意,便再一次急中生智,偷偷地用脚踩了刘邦一下,刘邦立时顿悟,马上面露微笑,热情地款待韩信派来的使臣,并让张良册立韩信为齐王。一场政治危机,就这样被陈平化解了。

  陈平是一个读书人,但不是我们平常所知的那种"书呆子",他比"书呆子"多了一份灵气,不但有才华,而且有智慧,所以才能在乱世中脱颖而出,成为青史留名的政治家。

麦家：关于读书，我有三个故事

◇麦　家

国家新闻出版广电总局授予我"全民阅读形象大使"的称号，我感到非常荣幸。博尔赫斯曾写过一首诗，大意是"我一直在猜想天堂的模样，我想那大概是图书馆的样子"，我很喜欢这句诗。我希望自己能够胜任这个大使的角色，所以来和大家见面，我愿意和大家交流一下我读书的感受。

如果没遇到《林海雪原》，现在我会是什么样

1976年，我12岁，刚刚小学毕业。我的家乡在浙江富阳，父母都是农民。有一天，我父亲上山砍柴被蛇咬伤，我母亲去镇上请了一名郎中，叫阿牛。父亲被背回家时小腿肿得比大腿粗。农村流传一种说法，我父亲这种伤，如果不能及时医治，天亮鸡叫的时候人就不行了。好在阿牛来了，他从非常脏的卫生包里取出几颗像板栗一样的药，剥掉外壳，用温开水喂我父亲吃了，不到两个小时，父亲的腿一点点消肿，第二天他就可以正常下床干活儿了。

春节时，父亲带我去给阿牛拜年，我在他们家的柴火堆里无意间发现一本书，后面的十几页没了，但是封面还在，这本书叫《林海雪原》。书是阿牛从街上捡来的，不是用来读而是用来引火的。大人们在客房聊天，我在灶房里看书看得入了迷，连吃饭的时候都在看。阿牛说："书送给你了，你赶紧吃饭，书你拿回家去看。"

这是我的第一本课外书，也成了我们班的稀奇物，我看完就给同学们讲，他们充满了好奇，都巴结我、找我借书，不但看，还抄，现在的孩子无法想象那个年代——那真是一个精神食粮匮乏的年代。

我一直想，如果我年少时没有遇到这本书，我现在会是什么样？还会不会像今天这样，以读书和写小说为生？人生无常，但是天地有灵，在既特殊又平常的日子里，给了我这么一件礼物，正是因为这本书和我的不期而遇，让我和文学结下了终生的缘分。

不停地读，总会遇到那本可称作"亲人"的书

1985年，我从军校毕业后到福州工作，每天在一尘不染的空调房里，穿着拖鞋，伺候着比我的生命还值钱的进口机器。和机器打交道非常枯燥，那时候没有网络，也没有手机，业余时间干什么？就是读书。和我年纪相仿的人都有所体会，20世纪80年代是全民阅读的时代，只要识字的人都在读书，看书成为我们唯一的娱乐方式。那时候一本哲学书可以卖出两三百万册，现在看来真是天方夜谭。那个年代人们读小说、读历史、读哲学，什么书都读。

由于《林海雪原》，我迷上了小说，我一直利用闲暇时间找小说看。单位有图书馆，到了周末我便去书店买书，我读曹雪芹、琼瑶、巴金、金庸、海明威等人的书，就这样我看了大量的小说。我一直认为读书就是读人，看书的过程就像跟人打交道一样，你不可能喜欢每个人，但交往的人多了，总会有那么一两个人和你心灵相通，成为你的朋友，伴你前行。

有一天，我买了一本书，是著名的《麦田里的守望者》。和《林海雪原》的相遇让我喜欢上了文学，和这本书相遇让我开始尝试着写小说。这本小说讲的是一个青年对自由的渴望，他想走出家庭，去寻找自由和爱。我觉得小说的情绪和我当时内心的情绪很接近，我没想到小说还可以这样写，没有故事和人物关系，只有一种情绪、一种心理，它为我打开了一扇文学的窗子。

真的要感谢生活，感谢阅读，让我在合适的时间遇到能照耀内心的书。我们不可能跟每个人交朋友，但是拒绝和人交往，你就永远不可能拥有朋友。读书也是这样的，只要你爱书，不停地阅读，总有一天你会和一本书或者一位

作家相遇，这本书、这位作家可能就是你的"父亲"、你的"母亲"，它扮演的就是你的亲人的角色。这样的书，只要你阅读肯定会找到，如果读10本遇不到，读20本遇不到，当你读到100本的时候，你一定会遇到，它会在你的成长过程中和生活中的你邂逅。

古人说："开卷有益。"几十年来，我的大部分时间是在读书和写小说中度过的，我真切地感受到，古人的话是一个穿越千秋而不变的真理，这些书成全了我，也塑造了我，让我在读书和写作的过程中觉得幸福和温暖，从不感到孤独。

与书为伴，是对生命的终极关怀

2003年，我回老家和初中同学聚会，98个同学中，有2个亿万富翁、17个千万富翁，还有30多个百万富翁。他们都是农民，但都通过自己的努力，抓住时代的机遇挣到了钱。

其中一个亿万富翁邀我去他家做客，我跟他儿子聊天时，问他书读得怎么样，和同学相处得如何，和同学、老师之间的不愉快是怎么解决的。那个亿万富翁的独子面对我从潸然泪下到哭出声来，我很震惊，问他怎么了。他说他的父亲从来没跟他这样聊过天，从小到大，一直是他起床时父亲还在睡觉，他上床时父亲还没回家。后来读寄宿制学校，他每次跟父亲通电话，父亲的第一句话都是问他缺不缺钱，如果缺钱就马上给他打过去。对于一个青春期的孩子来说，心灵的养育永远比身体的抚养更重要，可是他父亲做了相反的选择，使孩子的内心非常荒芜。

一个人除了身体还有心灵，多数情况下，心灵的问题无法用钱解决。我相信，孤独是我们经常要面对的问题，而且孤独还只是精神世界最表面的问题。这位父亲爱他的孩子，可是由于他读书太少，他的内心非常贫乏，他拿不出东西给他的儿子，他真的"穷得只剩下了钱"。

那天晚上，我扮演了一个"临时父亲"的角色，但我不可能一直陪着他，就给他列了一个书单。我们一直保持通信，我明显感到那些书成了他的朋友，让他的内心有了阳光，有了温暖，有了力量。再次见到他的时候，我只看他的眼神就明白他的内心已变得丰满生动了。后来他考上了大学，虽然不是名牌大学，但是这个孩子的内心非常健康。毕业之后他没有找工作，而是去贵州支教了一年，回家后他父亲想让他接手自家的公司，他没有同意。他去了一所学校当老师，买了一辆不到10万元的"海马汽车"用来代步，他父亲觉得这让他很丢脸，不知道的人还以为他父亲的公司垮了。但我相信，如果你要在他和他父亲之间选择一个人做朋友的话，你一定会选择他，因为他有独立的人生观、价值观，是自己的主人，他内心感受到的世界，一定比他父亲领略到的世界丰富，也精彩得多。

这个孩子曾经亲口对我说过，他的这种人生态度就是反复阅读给予他的，书就是他最宝贵的财富，也是他抗拒某些不健康的世俗力量的源泉。他曾经跟我说，中国没有教父的说法，如果是在西方，我就是他"内心的教父"，是我让他和书建立了感情，当他困惑、喜悦的时候，他都觉得有人和他在一起，这个人就是文字，就是书籍，书就是"人"，书就是"爱"。确实，读一本好书，就是交了一位好友，与书为伴，是我们对生命最深层的关怀，也就是终极关怀，心灵关怀。

这些年中国经济蓬勃发展，但我们对身体的关怀远超对心灵的关怀，很多人远离书籍，迷恋物质，甚至有名人公然在媒体上质疑读书有什么用。我想告诉他，读书有什么用，只有读书的人才知道，不读书的人是不知道的。在书的世界里，有比飞翔更轻盈的东西，有比钞票更值钱的纸张，有比爱情更加真切的爱，有比生命更加宝贵的情。

今天是各位听我讲故事，我希望有一天可以听到你们给我讲故事。最后，我愿意和大家一起，力争每晚与书相伴，让无数好书开启我们心灵的同时，也给我们脚下古老的土地增添无限的智慧和生机。

人在北大，如何读书

◇王　强

北大出了许多企业家，这让我非常自豪。我经常回忆，北大为什么会产生企业家？我一直以为清华才有可能产生企业家，因为它搞科技。北大是学术的殿堂，是精神自由的三角地，是让灵魂再生的地方。企业、上市等好像与北大无关，但是过了这么多年后，我明白了北大为什么会产生企业家。

以北大的32楼为例，当年我和俞敏洪作为北大的青年教师，住在该楼的第二层。后来俞敏洪创办了新东方，成了伟大的企业家。

第三层楼，当年住着一个来自山西的叫李彦宏的青年，天天在水房里光着上身用冷水冲澡，唱着"夜里寻他千百度，你在哪儿呢"，天天念"百度"两个字，于是后来创立了百度公司。而从知识储备来讲，李彦宏无论如何都不可能做企业，他读的是图书馆系古典文学编目专业。

第四层楼住着北大中文系的"愤怒诗人"黄怒波。这些年来，黄怒波令人刮目相看，成为中坤集团的创始人，在冰岛购置了土地。

更令人匪夷所思的是，在北大中文系的女生楼里，有一个长相非常平凡的人——龚海燕，她充满激情，创办了"世纪佳缘网"。

英文系、图书馆系、中文系都是与金融、融资、管理完全无关的专业，但是学这些专业的人怎么会成功地创办企业？我想，这是因为北大给予了我们一

样东西，就是怎样塑造生命的东西，使得我们对知识的渴望超过一切。

我有一个座右铭："读书只读一流的书。"真正值得我投入智力、值得我尊重、花费我精力的大概是两大类——读书一定要读一流的书，做人一定要做一流的人。

正是读经典，读那些能够改变我们生命轨迹的书籍，成为北大人离开校园后，不管走到哪个领域，都能比别人走得远一点儿的保证。因为那些书不是字，而是生命，这些生命对读者的生命来说，是一种引领。

现在我们生活在信息的海洋里，也算人生有幸，但是要接受的信息太多了。那么什么样的书该读呢？我读书的选择是这样的：畅销书坚决不读，不是我看不起畅销书，而是我知道生命有限，只能读真正一流的作品。

我所读的作品的创作年代越来越早，因为我觉得越是早期的人，他们写下的文字越是生命的写照。

读一流的书，就要衡量这位作家写这本书前的状态是怎样的。他是为满足市场的需求而写，还是倾其心血、生命和经历而写？如果你读的不是真文字，遇到的不是真语言，那么你最后见到的也一定是虚幻的世界，而不是真实的世界。书真正对读者产生作用的时候，就是读者和书中的生命融会在一起的时候。千百年来，没有被淘汰的著作是人类一代又一代人选择的结果，而不是现在市场的选择，更不是广告词的选择，这是非常关键的。

为什么读经典能改变我们的生命呢？文学的功能是什么？在我看来，文学的功能就是：真正有力量的文字，一定能够对我们的审美进行奇异的再造，在我们对"真、善、美"的追求上有奇异的启示，有充电的感觉。所以，那些具有人类最高价值的东西，就会融入我们的血液里。一旦人的身体里有这三样东西，在现实社会中就不会轻易被世俗的、流行的、暂时的甚至非常糟糕的价值观扭转。

读那些经典的、人们熟悉的甚至很多人因为追求时髦而不屑一读的文字吧。那些文字会使我们对生命、审美、真理、语言与世界的关系有更直接的感受。我认为我人生最大的捷径就是，用时间和生命阅读、拥抱了世界上一流的书。

我还有一个看法——读书和吃饭一样，不能偏食，要膳食平衡，精神的脾胃才能健康。

第一，是不是要读读有关宗教的书？我觉得一定要读。读宗教著作我们才能理解超越人性的东西，才能拥有开扩的眼界，才能达到超凡脱俗的境界。我时不时会翻出《大藏经》来没有目的地读，还有《圣经》《古兰经》及其他宗教理论著作。

读完神学，我觉得我理解了宇宙的神秘；反观宇宙，我更加清醒地意识到了人的渺小，这使我变得谦卑。不要把宗教、神学等同为迷信。

第二，一定要读哲学书。哲学从某种意义上说，是关于人之为人的存在根由的一种诘问。作为人，我们不得不问我们是从哪里来的，要到哪里去。

第三，不能不读历史著作。历史对人类到目前为止的所有生活场景，进行了最接近真实的描述。人的生命有限，如果想领略人类经历的酸甜苦辣、成功和失败、生命和死亡，就只能去读历史。

第四，心理学的书要读。像弗洛伊德这样的心理学家，他拆解的是人类意识的存在，探寻的是一个人的意识和心灵究竟是怎样协调运行的，是如何保持人之为人的内在本质的。

人是感情动物。那些穿透情感层面、展示情感宇宙奇景的一定是好诗。所以为了使情感丰富,一定要读诗。在这个世界上,只有两种东西是接近上帝的:一种是诗,另一种是音乐。

文学作品不可不读。作家通过语言挑战人的想象力,这是文学的基本功能。比如村上春树,他的作品的题材和写法奇诡诱人,有人把他视为通俗作家中的摇滚乐手,但我认为他一点儿也不缺乏深刻性——实际上他是在试图捕捉现代文明里飘浮的现代人存在的本质和表征。我喜欢的作家有卡尔维诺、君特·格拉斯、雷蒙德·卡佛、博尔赫斯、米兰·昆德拉,接下来就是村上春树了。

我有村上春树的日文原版书、英译本、赖明珠译本和林少华译本。我是村上春树迷。为了读懂村上春树的作品,我发愿开始学习日文。

科学领域的一流读物也要读。我坚信在科学思想和人文思想方面,存在着某种意义上平行发展的东西。

人的日常阅读应该融合以上种种内容,要学会做出一盘有利于精神和心灵健康的"沙拉"。我称这种读书为"饮食平衡法"。这样人的生存才能不偏颇,精神的林木才不会因营养匮乏而枯萎或畸形。当然这是"读书人"的读书,专家学者另当别论。从终极目的上说,读书是建造一个完全属于自己心灵的世界的过程。

人读书越多,越不会被外在的环境所困扰,越不会被寂寞孤独这样可怕的东西所折服。因为书籍逐渐在人的心灵里,建造了一个完全独立于外界力量的王国,这个王国是被心灵完全拥有的,在这个世界里栖居着令人神往的古今中外丰富而伟大的灵魂。

当一个人的内心拥有这样一个王国的时候,他灵魂的承受能力会多么强!因为他完全不需要依靠任何外力来支撑他的生命。

什么样的人才能上哈佛

◇郭英剑

中国的大学是"考"上的，一次高考基本决定终身。美国的大学，特别是像哈佛大学这样的一流高校，并不是依靠"考试"来招生的——这绝对高于中国高考对于考生的要求，因为学生要接受的是全面的考查与检阅。

为此，我们不妨来看看哈佛大学对一名学生的综合评价体系：

一般来说，申请哈佛大学者其SAT（美国学术能力评估测试）要取得高分才行——很多学生都是满分；中学阶段的GPA（平均成绩点数）要尽可能高——很多学生同样是满分；推荐信要颇具分量——基本上都是有真凭实据的、实实在在的评价；课外活动多姿多彩——很多学生不仅有各种课外活动，还有众多校外乃至国外的精彩的学术活动或者独特的个人经历；出众的面试结果——在由哈佛大学校友主导的面试中，应该有绝对出色但又自然而然的表现；独特的个人陈述——在彰显个性的同时，也要把自身的学术潜质和优异于他人之处表现出来。

然而，这些全部加起来，还只能说一切才开始。从最终录取结果看，所有哈佛大学的学生都属于高中阶段整个毕业班（这里"班"的概念相当于中国的"年级"）前10%~15%的行列。

想一想也不难理解。2013年，申请哈佛大学的学生人数创历史新高，达到

35 023人，录取率却创历史新低，仅为5.8%，即发放的录取通知书仅为2029份。申请哈佛大学未被录取者，未必不优秀；但凡进入哈佛大学者，绝无平庸之人。

那么，一个问题就摆在了人们的面前。既然申请者都如此优秀，为什么有些人能够被录取，而大多数同样优秀者名落孙山呢？

其实，哈佛大学的招生规则、录取的程序等一直是外界争议乃至批评的焦点。当人们看到众多的官家子弟、富豪子女、文体才子进入哈佛大学之后，难免会有疑虑——这是否对穷人或者平民百姓的子女有不公平的一面呢？

回顾历史，我们不难发现，过去的哈佛大学的确经历了一段从精英阶层到逐步平民化、从对待特殊人群有特殊政策到更加公平竞争的漫长的历史演变过程。

总体来看，哈佛大学的历史演变主要是从为贫穷学生提供经济资助、追求学生族群的多样化和多元化这两个方面出发，向更多才华出众的平民子女敞开大门。

在哈佛大学最初建立的两百年间，学生群体很单一，用今天的标准来看就是白人、新教徒和男性。因为在那个时期，唯有富家子弟才上得起哈佛大学。

哈佛大学是最早引入奖学金制度的美国高校。大约在1643年，即哈佛大学开办7年之时，就开了为资助贫穷学生支付学费的先河。到18世纪，哈佛大学超过1/3的学生都能获得经济资助。到20世纪初，除了经济资助外，哈佛大学还会为贫穷的学生提供过冬的衣服。1934年，时任哈佛大学校长的柯南特，专门设立了一个面向全国学生的奖学金项目，极大地提高了无力支付学费的优秀学子进入哈佛大学的人数比例。如今，哈佛大学是全美推行不考虑学生支付能力、对贫穷学生实施全额资助的六大院校之一。

在这六大高校中（包括麻省理工学院、普林斯顿、耶鲁等），哈佛大学又是第一所把这样的原则用于国际学生的院校。2007年，哈佛大学又做出重大规定，对那些家庭年收入在6万美元以下的学生，不收取任何学费。在2011年至2012年度，哈佛大学拿出了1.66亿美元资助各类学生，大约覆盖了60%的本科生，而在这其中，超过20%的学生是无须向学校支付任何费用的。通常，美国的各州立大学，即公立大学的学费都相对偏低，吸引了不少家境困难的优秀学子。正因为不断完善其经济资助制度，使得哈佛大学在其招生网站上宣称："现在，对于美国90%的家庭来说，把孩子送到哈佛大学与把孩子送入旗舰公立大学，两者的花销差不多，甚至比公立大学更少。"正因为这个前提，改变哈佛大学学生族群的构成，就成为水到渠成的事情。

值得一提的是，在很长一段时间内，哈佛大学既有自己的入学考试，也有其特殊的录取政策。所谓入学考试，主要是一些传统的科目，包括拉丁文和希腊文，而这些语言课程只有在私立学校才会讲授。换句话说，唯有有钱人才可能学到这些知识。同理，也只有他们，才能在未来去参加哈佛大学的入学考试。更值得一提的是，在20世纪初，尽管报考哈佛大学的人要通过一个简单的考试，但哈佛大学依旧保留了给予某些人"有条件入学"的权利。这也就是说，即使一个人没有通过入学考试，哈佛大学还是可以以其他理由给予其入学资格的。而到1907年，超过55%的学生都因为符合这样的附加条件，而获得了入学资格。

这样的情形从1913年开始有了转变。由于时任哈佛大学校长的洛威尔提出的"新计划"是主要面向公立学校学生的，从而使得在"新计划"下招生的人数，超过了"旧计划"下招收的学生人数。

不能忘记的是，哈佛大学在招生政策方面的变化，也得益于校外重要的社会运动的影响力。比如，1968年黑人领袖马丁·路德·金遇刺身亡，在不到一个月内，新任哈佛大学招生委员会主任彼特森就宣布，哈佛大学将会录取更多的黑人学生。第二年，有90名非裔美国人进入哈佛大学，这一数字比前一年增长了76%。而到了20世纪70年代，在哈佛大学的学生中，不仅有非裔美国人，也开始有了更多的土著美国人、亚裔美国人等。在今天的哈佛大学校园中，你可以看到各色人等，这里有来自超过80个国家的学生，有20多种不同的宗教信仰。

如果回到本文的主题——"什么样的人才能上哈佛"，我个人以为，那些既有全面的个人素质，又有勇于追求知识、探索世界的激情与勇气，且有异于他人的独特之处者，最容易在众多优秀的学子中脱颖而出。

学习 就是一次修炼

◇马鸿旭

上高中的时候我就觉得学习就像角色扮演的游戏,我们是游戏的主角,有体力,有魔法,有各项敏捷、力量、内力的数值,然后去一关又一关地打小怪升级,提升了能力就去打关底的Boss(首领)。有的人能力强,打倒了Boss获得了装备,修炼起武功来更加得心应手,有的人能力弱,可能早早就被Boss击杀马下。三年之后大家各自修炼结束,统一组队去打人生的叫作高考的大Boss,有的人赢了,拿到了顶级的装备和人生下一场战争的入场券。有的人输了,决定潜心修炼武功,明年再来。

学习正是一场一生只有一次的游戏,我们都知道要好好努力修炼,也知道打赢了大Boss有超出想象的好奖品。可奈何这个修炼的过程太漫长,太折磨,一点儿也不如游戏好玩,也从来没人给我们讲游戏的攻略秘籍。古代江湖大侠,必是遇到一位高深莫测的师父对其掐脉诊断,然后对症下药指点调教,弥补少侠先天之缺陷,弘扬其过人之处,也必是有一本武功秘籍助其修炼,所以事半功倍。

我们苦于没能遇到一位师父给把把脉,看看我们究竟为啥学习不好。是因为注意力不集中,还是因为复习方法不对?也苦于没有一本秘籍教我们怎么有效地修炼武功,三脚猫的功夫能强身健体,但远远不能称霸武林。

  我自不敢当那位高深莫测的师父,但久病成医,从高中起细细数来,遭遇了所有可能遭遇的不测。也许请邻居家一个考上清华或北大的孩子给你讲学习经验,他会说两个字:学呗。但学霸永远不懂跌进谷底的人想要重生的渴望和爬上来的艰辛。所以,此时作为一个从锋芒毕露到卧薪尝胆再到意气风发的"过来人",可更适合讲一讲如何从"后进生"逆袭成学习的"高富帅"。

  2005年的自己永远想不到多年后竟然可以斗胆公开分享自己的学习经历,而且一分享就是出书!因为那一年我正想着退学!

  2005年中考,我考到了当地最好的高中,并提前被所谓集结了方圆100里天才少年的奥赛班录取,惊喜激动之余更是买了新电脑、新游戏,准备血战一个酣畅淋漓的暑假。可就在设备安装妥当,零食准备充分,家务做完,能保证连续8个小时无干扰的完美时刻,电话铃响了:"马鸿旭,你好,我是吉林一中奥赛班的刘老师,首先恭喜你被一中奥赛班录取。为了尽快完成高中教学进度,以便各位同学能够尽早接触各类奥赛考试,选择自己擅长和喜欢的科目,并提前进行充分完备的基础知识学习,现在决定下周一奥赛班提前开学上课。""啊……好……啊……"人在受到惊吓后往往行动反应迟缓,屏幕上应景地显示出"No one can survival(没人能生存)",这才想起来看一眼日历,呵，真巧！今天周日！

我的中考之后的完美暑假呢？想当初备考期间我是如何如何计划，如何如何畅想，这才足以支撑我挺过中考，如今5个打算去的中国景区、66本精挑细选的必读书、100部电影和纪录片统统被这通电话压到了箱底儿。

不行！我得挣扎，得折腾，如果现在这些计划不执行，你让我怎么面对高考？怎么面对工作？怎么面对人生？我拿来支撑自己努力的计划到头来只是个响当当的"扯"。这是我和爸爸妈妈说的原话，而且不出意料地获得了他们的赞同（是的，我是说获得了他们的赞同，而且是不出所料）。回想起从小到大对我的开放式西化教育，他们好像从来不逼我做任何与学习有关的事情。极度感激他们，我至今才有幸保留了对学习、科研与新知识获取的渴望和乐趣。

假期结束了，我看完了大概39本书、77部电影，去了7座城市。但这……才是悲剧的开始！

正式回到学校已经是一个月之后，我带着一脸迎接新学期、新学校、新同学的喜悦来到班级。我清楚地记得第一堂是物理课，老师上来就宣布翻开课本到最后一章，用40分钟讲完了课，发了一沓卷子，说："这些卷子晚上回去做一下，然后明天会发一些复习用的资料和试题，大家做好准备下周晚课进行这本书的期末考试。""What（什么）！"当时我已经云里雾里地听完了课，准备依靠自己所谓的才智追赶，并期望在一个月以后成绩跻身前列的时候，给同学绘声绘色地讲讲我那丰富多彩的假期生活！可这一周后期末考试的消息把我打击得如同进错了组的拳击手，纵使使出浑身解数，却又如何四两拨千斤，撼动这群人一个月以来高强度的成长？

当然，如果人生是一部完整的电影的话，那么在主人公出场潇潇洒洒过后一定要有一次沉痛的打击才能让故事显得跌宕起伏，引人入胜。所以我第一次期末考试不出所料地悲剧了，甚至悲剧得有点儿出乎意料。让一个习惯了吃素的人被迫猛吃一个月的肉，这个人除了身体不适之外一定伴随着极大的心理折磨。

是的，当体会了将近半个学期的"后进生"滋味之后，我甩甩袖子决定不干了，打算转去次一个级别的实验班。而且当初我为自己的逃避找了种种借口，如搞奥赛没前途，风险大；赶鸭子上架的方式学到的知识不扎实，对自己以后的人生发展没有任何帮助等。借口可谓找了千千万，自有一套如果不给我转班，我就稳坐全班倒数第一宝座三年的打算。

终于，我在高一开学三个月后转到了相比奥赛实验班弱一点儿的英语实验班。按照电影的故事线索来说，此时此刻的主人公终于要在饱经风霜之后重新如鱼得水、大展宏图了吧。但是，事实并非如此。

在当时的英语实验班中，因为中考成绩和参加过奥赛班的经历，我无时无刻不显现出一股子不成熟的痞气。往往一个人的实力越弱就会越发努力地去显摆自己，有个词叫作虚张声势，放在当时的我身上再恰当不过了。由于在奥赛班已经提前接触了高一的所有课程，尽管学得可谓一片狼藉惨不忍睹，但这并不妨碍我在课堂上臭显摆。总觉得自己什么都会，抬头看看老师板书，哦，讲过了，不听了。回家看看作业，哦，好像做过了，不做了。于是，按照故事的正常发展，期末考试也理所当然地悲剧了，成绩从入学的前5%下滑到了65%左右。

如果人生是一部电视剧，那么在故事的最后一定是主人公通过努力，终于获得了事业和人生的双丰收。而且为了增加戏剧的效果，描述主人公努力的过程基本不超过5分钟。而且一定会有一个深夜挑灯夜读的镜头，一个呷一口浓咖啡皱一下眉头翻一下材料的镜头，还有一个倒在书本中突然惊醒以表现又一夜未睡的镜头。紧接着就开始了连续几个小时的关于他人生从此意气风发且一发不可收的描述。

但人生，恰恰不如电视剧那么简单。如果我只把故事讲到这里，然后加几句励志的话，再通告一下截至目前的成绩，的确会让人精神抖擞一下，立刻翻开习题册做上那么几十道题。但这东西就像鸡血，过了劲儿就没任何用处，别人的励志故事只宣告了一个饱经挫败的高中生逆袭的可能，但这毕竟不是你本人，别人的所谓阶段性成功只是证明了这一可能的存在，但这个过程中思想的斗争、身心的征战、自我的审读，然后又如何挑战不可能、如何战胜惰性、如何掌控心智等，都是比结果更重要的东西。

所以，如果你需要的是一个简单的励志故事，那么此处就已经是结尾，故事的暂时结局是这个孩子尽管没能考上理想中那所国内顶尖的大学，但也去了全国前十的学校，读了他最喜爱的专业，做着自己最感兴趣的工作，过着自己现阶段能设想到的最美好的人生。如果你希望自己也能写一个更精彩的励志故事，那就继续跟着我的故事，慢慢体会。我从不敢标榜自己是如何努力、如何聪明以及如何陶醉于自己的成绩，但如果让我讲讲如何在逆境中揭竿而起，我却能给你讲上三天三夜。

有时候我也会想，有一天可以皱皱眉头就做出一道大题，给同桌讲完还不忘加一句"其实不难"，邻居家的孩子还经常因为你挨骂，"你看看人家那谁，怎么就比你强那么多"，也会想，有一天给父母一份漂亮的成绩单，让妈妈可以不用做了一桌饭菜等着你回家还得思前想后怎么安慰没考好的你，让爸爸也可以不用非得跟自己心爱的儿子、女儿涨红了脸，喊粗了脖子，最后夜深人静扇自己嘴巴，怒其不争。有一天，能让那些曾经低看了你一眼的人重新认识真正的你，也许他们碍于面子不会当面认可你的成绩，但这根本不重要。重要的是每个学生都有一个想争第一的愿望，没人想当最后一名，可是我们有从心理到方法到目标到计划各个方面的阻碍。

记得初中时的班主任赵晖老师曾经对我说："当个好学生其实太简单了，每天做的都是自己擅长的也早就熟透了的事情。但成为一个好学生又太难了，如果想超人一等，就一定需要比别人多一分的努力。"

所以，如果读到此处，你埋藏在内心深处的那个成为第一的梦想又被拨动，是否敢为自己的人生下一笔赌注："如果此次不遗余力，能否给自己赢得一次第一？"

我所认识的美国高中

◇连俊涛

1

美国学校学习与运动并重的理念，令我感触最深。

我们学校的课程从周一到周六进行安排，通常每节课50分钟，此外每个科目每周都有一节75分钟的加长课。每天上午8点开始上课，下午3点下课，紧接着就是运动时间，每位同学必须参加，如果不去或者刻意逃避，处罚比逃课还严厉。学校明文规定，95%左右的奖学金用来奖励体育成绩突出的学生，只有极少部分奖学金用来奖励学习成绩优异的学生，可见学校对体育运动的重视程度。

我所在的Trinity-Pawling School（圣三一珀林中学）的运动项目很多，仅球类就包括篮球、足球、橄榄球、长曲棍球、壁球、冰球、网球、棒球和高尔夫球。每个季节，学校都会开设不同的、应季的运动项目，学生可以从中选择适合自己的项目进行锻炼。我一入学就参加了学校篮球队的训练。校篮球队根据球员的水平分成四队，最初我在三队打球，随着球技的提高进入二队，随后为打进一队而努力。每周三、周六都有校际篮球比赛，部分赛事在我们学校的主场打，另一部分赛事在其他学校的客场打。为了赢得比赛，大家在训练时都特别刻苦。

晚饭后，学校的体育场所会继续开放一个半小时，篮球馆和健身房是我平

时最常去的地方。通常,我下午打篮球,晚上到健身房锻炼或跑步。

高中第一学年,我的体重就从200斤降到了170斤,终于告别了以前的臃肿,身体强壮了许多。

2

Trinity-Pawling School的老师,个个都是多面手,每位老师都不只负责一份工作,有的老师甚至身兼三四份"教职",他们既要上课,还要负责宿舍管理、球队训练或者演出排练等工作。以我的英语老师为例,他毕业于布朗大学,是全美著名的长曲棍球运动员。他不仅要教毕业班的英语,同时还肩负着学校长曲棍球项目主教练的工作,很多喜欢长曲棍球的学生都慕名而至。要知道,美国学校的体育成绩非常重要,它直接影响学校在排行榜上的名次。我的英语老师既为学校带来生源,又为提升学校排名立下了汗马功劳。又如我的宿管,是一名西班牙语老师,冬季担任滑雪教练,春季又成为网球教练,此外他还负责两个社团的组织活动。

总之,学校的每位老师都是三头六臂、全面发展的楷模。在他们的言传身教下,我们也都有了几样拿得出手的绝活。

3

在没有作业和体育训练时,我们最好的消遣方式就是参加社团活动。Trinity-Pawling School的社团很多,超过50个,每天最少有10个社团组织活动。

在一所只有两百多名学生的学校里，丰富的社团活动可以满足不同学生的需求：从学术性的文本研究、数学讨论到轻轻松松的动漫社、游戏社，还有连老师们也都会积极加入的表演社。最重要的是，只要学生有意组建一个新社团，并有老师愿意成为负责人，学校就会全力支持，不仅免费为社团提供场地和硬件设施，还免费接送社员外出活动，更别提还有一笔活动经费……丰富多彩的生活，让学生们每天都过得充实而有趣。

很多人并不明白，为什么美国人花这么多时间去做那些与学习无关的事情呢？其实，美国人不是做无用功，只是他们相信，能力的培养使人终生受益，而知识在考试后往往就被忘记。因此，美国的高中经常要求学生写论文、演讲，论文必须注明引用文献的出处，不得随意抄袭，这是对知识产权的尊重与保护。

4

Trinity-Pawling School是一所寄宿男校，宿舍一般是双人间或者单人间，配有全套的生活设施。每栋宿舍楼都有几位老师和学生宿管。学生宿管是一项非常受人尊敬的工作，顺便提一下，我成功通过竞选，成为2014～2015年的学生宿管。

我们的宿舍生活也是丰富多彩的。每个月，宿舍楼都会给当月生日的学生集中开生日party（聚会）。只要不影响学习，宿舍活动室里的电视、运动器械24小时开放。每位宿管都努力地以自己的方式丰富大家的生活，例如我们的宿管老师，会给我们买最新的电影光碟，还经常带我们到校外玩射击游戏、吃比萨。

跟美国学生同住一间宿舍，也是有意思的经历。记得我第一年来到Trinity-Pawling School的时候，见到我的美国室友，大家既兴奋又好奇。但现实并不总是那么美好，我们性格不搭，三天两头拌嘴吵架，和平相处的时间甚至没有超过一个月。不过这也正是我的口语大幅提高的时期（绝没有鼓励大家吵架的意思），直到有一天，我用英语把室友说哭，才意识到我的英语真的突飞猛进了。

大学 给我的下马威

◇邓楚涵

我失魂落魄地走出考场，不敢相信这是现实，以前那个横扫难题的自己，今天居然会在考场上这么无奈！

我有一个"学霸梦"

新生报到之后，我才知道自己是当年来到同济大学的贵州考生中分数最高的，因此被学校授予了"新生奖学金"，并在开学典礼上接受了裴刚校长亲自颁发的奖学金证书。第一次站上同济的颁奖台，我百感交集：有刚到学校就斩获奖励的兴奋，有第一次站上大学领奖台见到校长的紧张，也有看见父母在台下为自己加油的欣喜，但更多的是心里默默树立起目标的坚定——既然拿着奖学金进入同济，我就应该努力，四年后骄傲地从同济毕业。

开学典礼结束后，我摇身一变，成了同学眼中"别人家的孩子"，学习认真、成绩优异似乎成了大家给我贴的标签，而我自己更是以"五哥""五姐"为目标（同济本科生的成绩不是算分数，而是看绩点，最好的成绩是"优"，对应的绩点就是5，"五哥""五姐"就是大家对每科都是"优"的同学的称呼），努力学习，希望在期末考试中保持自己的"学霸"形象。

那段日子真的很纯粹，我的生活里只有学习：早晨6点准时去图书馆后面的河边晨读，晚上11点依旧在通宵自习室里夜战，生活永远是教室、食堂和宿舍

世界太公平，只奖赏努力的人

的交替。我很享受那样的时光，很享受每天在图书馆泡杯茶看书、写作业的安静，很享受"两耳不闻窗外事，一心只读圣贤书"的单纯。

刚进大学，学生会和社团潮水般向新生涌来，武术社团、轮滑社团、国学社团、围棋社团……招新的场面可谓"百团大战"，可这些在我心里激不起一丝波澜，因为我就是想单纯地学习，单纯地做一个"学霸"。

学霸梦碎

人在充实的状态下，很难察觉时间的流逝。转眼，期末考试来了。

进入大学的第一门考试是大学计算机基础，虽然老师没有过多地强调这门课的理论，但我还是将大部分时间放在很多基础原理上，忽略了实际操作。考试开始后，我迅速进入做题状态，可做完选择题和填空题后，六道操作题难住了我，我急得抓耳挠腮。计算机操作的连贯性很强，上一步做不对，下一步就没法做。时间一分一秒地过去，丝毫没有进展，我感到从未有过的恐慌。交卷前，我算了一下自己有十分把握的题的分数，加起来也就50分。

我失魂落魄地走出考场，不敢相信这是现实，以前那个横扫难题的自己，今天居然会在考场上这么无奈！我当时只有一个想法：这是我大学的第一门课，如果挂了怎么办？

之后的两门考试让我越发难受：微积分是占用我学习时间最多的一门课，但是试卷上的积分总是"积"不出来，一些题和书上稍微不一样，我就没了解题的思路；大学英语更是让我欲哭无泪，不是不会做题，而是连题目都没看完……这几门高学分的课程都让我极度绝望。考试周结束后，我都不敢去想最终的结果。

可结果还是会出来，哪怕它再不如我意。大一上学期的成绩全部出来后，我的绩点是3.6，排在年级几百名开外。

那段时间应该是近五年来我最难过的日子，我实实在在地从一名优等生沦落成一个差生，最终的成绩就是证明。当时我很不明白，这半年来争分夺秒地泡图书馆，为什么最后会排在年级几百名开外，我的努力哪儿去了？一时间，我整个人跌到谷底，最初的学霸梦被残酷的现实击碎了。

恍然大悟

我是一个坚韧的人，每次失败后，都会尽力站起来。

大一寒假时，高中同学聚会，畅谈大学生活。有人把在外求学说得精彩纷呈，有人把远赴他乡说得凄惨不已，大家各执己见，争个不停。但我还是把自己的故事留在心底，因为我想改变。

重新审视大一上学期那段惨不忍睹的历程，我慢慢地发现了自己失败的原因。

大学计算机基础是一门以操作为主、理论为辅的课程，作为非计算机专业的学生，首要任务是掌握操作，学有余力时可以去钻研原理。而我在理论上花费时间过多，忽视了实际操作。追根究底，是没有按照学科要求有侧重地去学习。

微积分是大一学分最高的课，也是公认的相对较难的课。积分计算往往很花时间，在学习过程中，我很少一步一步地去计算，几乎总是一笔带过，知道解题的方法后，"默认"计算过程顺畅。正因为我平时光"看"，不动笔计算，才在考场上抓瞎。究其原因，是自己不踏实。

贵州省的高考英语没有听力，到上海后，我听力听不懂，上课跟不上，英语成了我的弱项。学大学英语时，我没有查缺补漏，加强英语听力和阅读的练习，导致考试时做题速度慢，最后连题目都没看完。追本溯源，是对弱势学科不重视。

深入分析失误的原因，我发现大一上学期考砸也很正常，大学阶段的学习和高中不一样，要改变学习方法，才能适应大学的学习。

高中学习是一场马拉松

高中的学习重视积累和梳理，要吃透各科的知识点并灵活运用。

语文、英语的知识点相对比较散乱，建议高中的师弟师妹们，每天坚持积累这两门课的知识，提升素养，厚积薄发。

很多人认为语文没必要学，因为不管怎么努力，考试也很难上120分，再怎么不努力，考试也很难下90分，所以考多少分全凭运气，甚至可能辛辛苦苦学了一个月，考试成绩还不如上一次。

我不这样认为。语文是比数学还抽象的课程，它的进步是"螺旋式"的，一个月的积累也许不会体现在成绩进步上，但你的积淀是实实在在的。语言的学习是持续一生的，一个月真的太短。学语文的过程就是喝中药，需要很长一段时间才能看见成效。高中语文课本也很重要，里面的文章也许不会出现在考试题里，但是学习经典能培养文学思维方式，为高考的阅读和写作打下基础。

高中三年，我建议大家每天抽一点儿时间阅读散文，一方面培养语感，学习成熟的写作技巧；另一方面积累素材，为以后的写作做准备。

对于分数颇高的阅读题，建议大家先收集近几年的高考试卷和参考答案，对着答案分析题目，摸索阅读答题的思路；然后尝试做题，核对答案，找到和参考答案"思路"不一致的地方，认真分析原因；最后再按照答案所提供的思路读一遍文章。熟能生巧，考试时就容易了。

相比语文，英语学习较有规律可循，英语考试中除了作文以外，其余的题目都有标准答案。高中英语的语法有限，认真攻克每一个知识点，做几套对应的题目，语法知识就能拿下。要做好阅读题和完形填空题，除了掌握基本语法,更重要的是积累单词,提升阅读量。

高中阶段我有一个习惯:用笔记本记下课本、试卷和资料上的生词。几年下来,积累了近1000个大纲要求以外的单词。这虽然麻烦,但是高三下学期复习英语的时候,我基本没遇到一个生词。单词这一关过了,语法也都掌握了,英语阅读还担心什么呢?

高考英语往往要求写一篇120字左右的小作文,并且对内容没有太苛刻的要求。这种作文不需要写多么深刻的鸿篇大论,精彩的句子和清晰的结构才是我们努力的目标。建议大家从两方面准备:一方面,归纳平时遇到的各类问题,准备相关素材,扩充关于特定问题的单词和论点储备,争取面对任何论题都心中有数;另一方面,按高考要求的几种文体进行写作训练,熟悉、掌握不同文体的句法和结构,保证遇到任何文体都胸有成竹。

相比英语、语文,数学、理综的知识点整齐得多,大多以"线"和"面"的形式规律出现。建议高中的师弟师妹们在学习过程中厘清思路,将所学的知识梳理清晰,形成自己的知识体系,以便在面对变化多端的题目时能迅速判断出考点,准确解答。数学、理综的进步是"阶梯形"的,在学习过程中,要坚持弄懂每一个知识点,不要留下知识漏洞,否则后继的学习会很困难。数学、理综的考试题无论怎么变化,也是万变不离其宗,只要攻克一个知识点,就能将相关题目拿下。所以,学数学、理综就像吃西药,周期短、见效快。建议大家准备一个错题本,结合知识点,将错题归类放好,时常温习,避免重复犯错。

高考前三个月,可以针对数学、理综做一项"大工程":准备一个笔记本,对照各科课本先整理出几个大考点,再逐步将其扩展,细化到每一个知识点,按照章、节、目的形式构造自己的知识体系,形成各科的"知识树",然后拿出所有的试卷逐一对照,确保"知识树"涵盖所有考点。

这个大工程看似复杂,但一定能让大家受益:首先,我们能够厘清思路,整合三年的知识点,形成自己的知识体系;其次,我们能从茫茫题海中跳出来,做完一道题后找到相应的知识点,加深理解,提高效率,避免盲目做题;

最后，我们可以通过"知识树"查缺补漏，知道哪些知识点已经牢牢掌握，哪些知识点还需要巩固。

高中的学习就是一场马拉松赛，极大地考验我们的耐力。赛道上的少年，奔跑吧，请相信，你可以到达终点，金榜题名。

大学学习是一次百米冲刺

相比高中，大学的学习更加自主。本科阶段，各门课程时间短、强度大，比如工科专业，绝大多数专业课都只上一个学期，而且每周通常就只有两节课。但是，任何一门专业课，教材都是好几百页，里面的知识称得上海量。所以，大学里的专业学习绝对是高强度的锻炼。这一阶段，应该以迅速厘清知识体系、抓住专业要求为主，这是一个短期强化的过程，就像一次百米冲刺。

大学里流行一种"考前突击法"：平时上课不听课，考前抓紧看看书，再做两套往届题，保证绝对不挂科！不错，这确实能保证不挂科，以前我也是这种"考前突击法"的忠实践行者，并且屡试不爽。但是，当我在后续的学习、科研过程中发现自己基本概念不清楚、基础知识不牢固的时候，才意识到"考前突击法"对我的专业学习有害无益，所以，我坚决地放弃了这条"速成捷径"。

喜欢武侠小说的朋友肯定知道金庸笔下的峨眉派掌门人周芷若，她练《九阴真经》时走了捷径，但是，因为根基浅薄，不能理解绝世武学的精髓，功夫没练到炉火纯青不说，还差点儿走火入魔。学习也一样，欲速则不达，求知的路一定是自己一步一步走出来的。

本科阶段的学习，一是为了顺利地通过期末考试，二是为今后的深造打基础。针对这两个方面，我有四个小方法想和大家分享。

首先是认真听讲，不管是在高中还是在大学，这都是最高效的学习方式。大学里的专业课本都有好几百页，短时间内，我们很难将书中的每一个知识点都彻底掌握，而授课老师熟悉课程，能帮助我们找到重点，有目的地学习。

其次是熟悉推衍。工科专业的课本里有不少公式、定理，熟悉它们的推衍过程尤为重要。公式、定理的推衍过程可能会很复杂，我们不必独立地一步一步推导最终结论，但应该对推衍的方法和思路非常熟悉。经过推衍，一方面，我们能更加牢固地掌握知识点，更加深刻地理解公式、定理；另一方面，我们能熟悉自己专业学科的研究方法，培养专业探索的敏感性，在今后的科研中少走弯路。

再次是灵活运用，这是学习的最终目的。基础知识掌握后，一定要做题，这是检验我们知识点掌握情况的最好方法。做题时，我们会遇到很多问题，如对某一个假定不理解，对某一个量不熟悉，等等。这样，我们就能迅速发现问题、解决问题。会做题不一定代表学好了知识，但不会做题一定说明知识没学好。

最后是考前练习，这是熟悉考试模式的好方法。回顾自己大一上学期的惨败，没在考试前做历年试卷是一个很重要的原因。建议学弟学妹们在考试前先做几份以前的真题，以便在考场上迅速进入答题状态。

以变应变

当初考砸了之后，我请教过师兄、师姐，也找过辅导员谈心。经过反思，我调整了自己的学习方式。大一下学期，我的成绩一跃而上，排到了学院的前10%，综合大一上学期的绩点，拿到了三等奖学金。

三等奖学金在同济是很普通的奖励，但对我来说真的意义非凡。人最需要的往往不是锦上添花，而是雪中送炭。那是人生的一处低谷，我几度失去信心，是这份奖励给了我很大的勇气，让我能够更加坚定地走下去。

大学和高中真的很不一样，我们必须迅速转变学习方式、生活方式和思维方式，才能跟上大学的节奏。刚进大学，遇到挫折和失败很正常，不要为失败找借口，而要为成功找出路。

人的一生会经历很多不同的环境，环境变化，我们也要变化。以变应变，才能在变化中保持自己的心境和幸运不变。

不畏将来，不念过去

◇十二

我经历过两次高考。可如今想起来，高考对于我来说，仍然是面目模糊的——大概是我刻意不想记起。

高考对我唯一并且最大的影响，并不是我没有考上理想的学校，而是它深深地挫败了我对命运的信心，并且这种自卑感，经久不退。

其实在每一个孩子的内心，都是愿意相信自己是一个lucky girl（幸运女孩）或者lucky boy（幸运男孩）的。当他们长大之后，最大的差异完全不是在于智力或者勤奋，因为这些都是可以改变的。最大的差异是，有一些孩子，很早就开始相信：是的，我是幸运的。我犯的错，是可以被原谅的。而有一些孩子，很早就开始相信：是的，我是不幸的。我总是在犯错，我总是不被认可和原谅的。

那些相信自己幸运的孩子，敢于主动去尝试，敢于主动去冒险，敢于主动去说："这是我想要的，我相信自己可以做到。"而那些相信自己不幸的孩子，总是在被动选择、被动等待、被动努力。

这一点，才是真正的天壤之别。

以前我是不明白这一点差异的。当我经历过一次不如意的高考后，我的父亲坚持认为，如果上不了名牌大学，那上大学就失去了大半的意义，我便听从他的话，乖乖地重读一年高三。当时，在我们那里，复读班是不被体制内认可的，我们只能在原学校对面的一栋小楼里，两百人挤在一个平时只装七八十人的教室里，身陷题海战术，日复一日地做着答题机器。

我是那年复读班的班长。我对试卷的熟悉程度，已经超过了对自己的熟悉程度。所有人都认为，我会是这一届毫无疑问的高考成功者。结果却是，成绩还不如第一年。

我在家痛哭了三天，不知道该如何面对。那些丢书丢试卷的疯狂场面，我全无印象，我害怕和任何同学通电话，我不想和任何人谈考试或者学校。我在命运面前丢盔弃甲了。

在很多年之后，我才知道自己高考失利的原因。因为我不相信自己会幸运。我当时真的很紧张，紧张得睡不着觉。我佯装很平静，其实，我真的害怕考砸。而那些表现出很紧张，到处寻求安慰的同学，反倒超常发挥。

你对自己究竟是什么态度，你可以骗过别人，可是骗不过自己。你的每一个细胞都知道你内心的真实想法。

在复读的那一年，在高考倒计时前几十天里，我失恋了。一毕业就失恋，说得一点儿都没错。高三的时候，我知道的那几对，在一年内接连分崩离析。

当别人闲闲地说起"没想到你们也会是这种局面"的时候，我不知该如何回答。你的第一次失恋，不同于以后的任何一次失恋，因为你完全没有做过准备，你也不想做任何准备。你对爱情的相信，你对承诺的相信，是站在你此生信任的巅峰上。

当你被迫从这个巅峰滚落下来的时候，你怀疑的不仅仅是爱情，而是许多许多的东西。

我承认，就是从那个时候开始，我心里憋着的一股劲儿，一股我一定要考上××大学的劲儿，一下子就泄了。

当我从别人口中知道他已经和别人在一起，而我是最后知道的那个人；当我从晚上九点的自习教室跑到最近的公用电话亭，按出那个熟悉的电话，得到的是他的室友亲口说："是的，你不用再给他打电话了，他不在寝室，他去他

女朋友那里了。"就是在那一天,那个初夏的夜里,我冷得瑟瑟发抖,我义无反顾地奔向高考的那股劲儿,一下子就没了。

人在艰难的时候,一定需要有股蛮劲儿,不然你是熬不过去的。可是,我忙于悲痛,忙于倾诉,忙于吐槽,一点儿也不想拽着那股劲儿了。

当悲痛还没过去的时候,高考却已经来了。我惊慌失措地迎接了它,它看出了我的怯懦,于是,我就输了。

在那之后的一年里,我沉浸在受害者的角色中不能自拔。我对每一个愿意和我聊这件事的人倾吐。而倾诉的重点,不在于我有多难过、我有多悲惨,我假装自己很好,假装不在意,其实就是想听别人说一句:他选择别人,不是你的错,是他自己眼瞎了,他肯定会后悔的。每每听到这么一句总结,我的心才落下来。

即便写过这么多自我成长的文字,我也从来没有写过这段故事——关于高考、关于毕业就失恋的故事。

可是,每当看到和我当时同等年纪的读者发来类似的故事的时候,我的心仍然会痛。

有一些伤痛,始于渺小的希望,终于强大的自我否定。这种伤痛,会跟随你走很久很久的时光，直到有一天，你敢于重新面对它。

我想，我现在到了可以面对的时候。因为我知道，这一切并不代表什么。既不能代表我真的不幸，也不能代表我是那个不值得被爱的人。

我从这一切中走出来了，我应该狠狠地骄傲啊。

从此，在我的记忆里，更多的是那个骑着自行车披星戴月的孩子，那个用骄傲假装自己不在意孤独的孩子，那个很孤独却一直不肯服输的孩子。

十几年后，我终于敢翻开那本毕业纪念册，那些陌生的名字下是这么写我的：很惊讶你作为文科生，数学成绩那么好，你真的很厉害。

那些熟悉的名字是这么写我的：其实你可以和大家更亲近一点儿，不要假装很高傲的样子，让人不敢接近。

我翻开它，才发现我的孤独与我的软弱一样顽强。我有多孤独，其实就有多软弱。爱情不是我的救世主，高考也不是。

最后真正解救我自己的，仍然是我自己。

虽然我还是那样孤独和软弱，但我花了十几年，敢于承认，其实我是孤独的，其实我的内心很脆弱。这一步看似并不遥远。

但只有经历过深重的孤独脆弱的孩子才会懂，假装坚强，并不能让你走出去，只有当你肯承认自己不坚强的时候，才是你最坚强勇敢的时候。

两个猛人的读书方法

◇桶桶 nancy

昨天去北京植物园逛，顺路拜谒了梁启超墓。今天看到一个段子：梁启超在17岁娶妻之后，曾以为岁月就这么平静地过去了，直到他遇见了康有为。

康、梁邂逅的时候梁启超才17岁，康有为已经32岁了。当时梁启超已经中了举人，康有为还只是位秀才。

钱穆曾经评价梁启超，说他天分极高，但用功不扎实。这显然是拜康有为所赐。梁启超是个高调的人，但与康有为的大气粗放风格相比，梁启超就显得相当低调内敛了。梁启超第一次见到康有为，就像庄子寓言里的河伯见到海神一样——瞬间被征服了，被康有为的强大气场和深不可测的学问秒杀了——康有为读过的书太多了，扯起来太振聋发聩了。

康有为是个读书猛人。猛到什么程度呢？没有他不懂的东西。只要别人懂的东西，他都懂；就算别人都不懂的东西，他也懂。所以，梁启超的那些招数在康有为面前完全拿不出手——直接被康有为的强大内力给震飞了。

康有为的风格类似于今天的"学霸"。他之所以能成为学霸是因为读书的方法很"潮"——他完全不按照传统的治学路径，而有点儿类似今天的学霸型教授——狂翻参考书，狂发论文的那种。正因为他的读书方法太超前了，所以在当时死得很惨，以至于花了很多年才考中举人。

康有为读书治学有几个特点。第一，公认的一流的书，他认为是二流；公认的二流的书，他认为是一流。比如，别人读《春秋》以《左传》为宗，康有为就以《公羊传》为宗。书法领域也是如此。总而言之，他要和别人不一样。

第二，康有为读书极其注重效率。换句话说，很急功近利。最典型的体现是，他教学生读书时把几乎每本书都计算好花几天能读完。他认为儒学入门的书是《公羊传》《春秋繁露》，一般人几天就能读完入门，天资愚钝的人不到一月也能读完入门。他认为诸子百家的著作一个多月就能读完。

第三，他完全不偏科。就算你提到当时任何一所大学里最冷门的那个专业，他也会对那个专业有所研究。他不仅研究动物学、植物学，还研究力学、热学、光学、电学，还有化学，微积分就更不用说了。

此外，外交学、国际关系学也是他的强项——现在你不难理解为什么梁启超见他第一面就很佩服他了吧。那么，对于这些专业学科他究竟了解多少呢？

《南海师承记》中有他给学生讲数学的一段，看过就恍然大悟了。他说："西方人研究数学首先研究点，然后研究三角，再然后是开方、割圆、椭圆、曲线、抛物线、罗线，到了罗线和微积分就是数学中比较高深的地方了。"

他还说："西方的《几何原本》和中国的《周髀算经》几乎同时出现，但《周髀算经》比起《几何原本》就逊色了。"但是他没有详细给学生讲微积分。他只是总结说："数学中比较要紧而实用的有两块，一块是对数，一块是代数。对数可以查表，代数需要计算。"

我一开始想不通对数哪里实用，后来明白他说对数是装饰用的——如果只说代数，大家都知道显不出来他的独特，如果只说对数，大家都不知道就不稀罕，所以，一定要说的既有大家知道的一部分，又有大家不知道的一部分。

末了，他总结说："代数可以笔算，可以珠算，比较起来，珠算没有笔算好，因为珠算错了不好改正。"然后，就没有然后了，他的数学课就讲完了。

钱穆也是个读书猛人。钱穆的读书特点和康有为大相径庭，他读的每一本书都是从头到尾完整读完。他少年时读书总是贪多，很多书读个开头就放下。有一次在读《汉书》的时候突然觉得这样读下去了无收获，于是此后再读的每一本书都从头读到尾。

钱穆的风格可以叫作"学尊"——所有的参考文献,他都了然于胸。而最不可思议的是,他在每一本书都读得极其认真的情况下,读过的书并不少。

如果像康有为那样狂记书目和参考文献的话,涉猎多并不太难。钱穆虽然不及康有为在西学方面涉猎那么多,但在中学方面能达到同时精通很多领域。这源于钱穆的治学眼光。

钱穆先生读书治学,眼光极其犀利,功力极其精湛。他分得清楚什么问题重要,什么问题次要,什么问题无关紧要。打个比方,就像初学微积分时,很多学者都采用狂做求积分的题海战术,钱穆却把所有公式、定理、推论、法则等从头到尾推导了一遍。他完全没把一丁点儿时间浪费在边角问题的纠纷上。孔子说,吾道一以贯之。钱穆的读书治学路径就是"一以贯之"的。

钱穆的皇著《先秦诸子系年》开篇是"孔子生年考",这个问题是学者聚讼了两千年的问题,也就是说实际上是无解的问题。钱穆完全不再罗列任何证据,而是把历来持两种说法的文献名都罗列下来,然后提到韩非子的一个故事:两个人对一个无解的问题争论不休,以后息者为胜。

所以,钱穆说按照这个方法姑且取后说,并指明孔子的生年只是孔子个人的年寿问题,与世运升降、史迹转换、人物进退、学术流变无足重轻。

我当时看到这里觉得简直太棒了——还有比这更好的解决方法吗?

搞笑的是,今天还有高校的教授,拿孔子生年这个聚讼了两千年都无解的话题写成论文,发表在三流的杂志上。更可笑的是,网上还有人说钱穆"折腾了半天什么都没有考,还说些风凉话",认为钱穆这样做是"瞎耽误工夫"。这就好比两个备考GRE(美国研究生入学考试)的学生,一个在狂参加模考、狂亮红灯的同时,还不忘记嘲笑旁边背单词的那个,认为背单词是"瞎耽误工夫"。究竟背单词是对的,还是模考是对的呢?搞清楚了这个问题,差不多就知道什么是读书之"本"了。读书要学会"务本",本立而道生。

最后,照例引用一句孔子的话来结束"读书"这个话题:

诵诗三百,授之以政,不达;使于四方,不能专对;虽多,亦奚以为?

天下第一等好事还是读书

◇梁振华

"世间数百年旧家无非积德，天下第一等好事还是读书。"据说这是清嘉庆年间礼部尚书姚文田自题书房的对联。

有人问拉美文豪博尔赫斯："你想象中的天堂是什么样的？"博尔赫斯说："就是图书馆的样子。"

2012年奥斯卡最佳动画短片的获奖作品，是一部叫《神奇飞书》的小动画电影，算是圆了博尔赫斯的理想。电影的主人公用尽一生阅读，最后在书籍的簇拥下返老还童，飞向了天堂。对热爱书籍、热爱阅读之人，想必这就是最好的归宿了。

真正有价值的书籍，应当是人类文明的结晶，如同粮食强壮人的肉体，书籍必应塑造人的精神。

读书应自年少始，这一点，想必毫无疑问。

旧式书院私塾中，小孩子摇头晃脑不知所云地背诵，虽在"五四"时被鲁迅等多位大家嘲弄批评，但仔细想来，年幼的孩子不懂很多书中的含义本也正常，背诵使其镌刻于记忆之中，随着年岁渐长、阅历渐丰，记忆便会与现实相互印证，那些幼时不曾明白的道理也就会豁然开朗，反而是一种以生命体验实现读书意义的方式，较之直接把道理说出，作用更大。当然，选择适合年龄的

书籍阅读也是重要的。

由此,培养青少年阅读习惯,一来靠内在兴趣的驱使,二来还是多少要靠一些外力的推动,或者说强迫。仅凭兴趣,不知道多少青少年会自然而然地被吸引到武侠、玄幻、漫画、游戏等上去,虽然这些不是说就一定不好,但总是过于单一。作为父母,作为老师,从家庭和学校的角度,开具书单,规定阅读时限,布置阅读作业,并不能说是没有效果的。俗话说有压力才有动力,只要外在的压力适当,不至于激发对抗和叛逆,那就能达到目的,青少年成长后,也会对这种"强迫"的意义有所领悟和了解。

"读史使人明志",此言不虚。

历史是人类文明行进的轨迹,前人的经验教训,均已含纳,且已经过时间检验。中国历史,乃世界文明古国中最长久、最有渊源的历史,史籍的保存最完善,尤其历代以来,史书著者们秉承着启迪后世的道义与责任,已将所欲表现与所欲表达的"志"贯注其中。左丘明的《春秋左传》、太史公的《史记》、司马光的《资治通鉴》,都是以"志"著史的典范,即使是后代许多官修史书,也未尝不在皇权威严下悄悄曲折地表达着某些不可压制的思想。

青少年读史,可以先参以历史故事通俗读物,再逐渐读原典,从史书描述中,去想象与感受那些古往今来仁人志士的鲜活,继而体会其精神道德,渐渐作为自己的榜样,自然完成"立志"的过程。

读书之用,在于"增识见",也就是"智"的培养。人生一世,不能总做井底之蛙,满足于眼前一个小小的井口,沾沾自喜,以为看过了所有风景。但世间风景,无论是人、物、事,都不可能靠一己之力去观览、去经历完全,借助他人的转递,去了解与认识,去体验与感悟,最终使之成为自己认知世界的组成部分,便是一个必需的途径。

智慧,正来源于多元,来源于广泛,而绝不扎根于因见闻短浅而造就的固执与偏见。当一个人的知识储备足够强大,眼界便会扩展,思维也会拓宽,便不至于当见到或听到某种言论或观点时,不由自主地就轻易盲目追逐相信,而无法接受更多的可能。

德国大哲学家康德,终其一生,只在自己的家乡,一座德国小城著书立说,但这并不妨碍他成为一位伟大的智者,他对世界的广阔认识,正是从书本中来的。

为了增"智",读书之时,尤其需要广博和贯通。真正在学问上有所成就之人,除专精自己的一面外,必然有其他诸多辅助的学识。意大利文艺复兴巨匠达·芬奇,是知识"跨界"的奇人,世人多知其美术史上的地位,而他在科技发明上的成就,其实更让人瞠目结舌。这些知识的横跨或纵跨,不靠广泛的读书求知,必然无法达成。

当今青少年的阅读,往往容易单一,尤其是网络文学的盛行,容易让人痴迷沉溺,入而不能出。其实网络写手本人,也必须依靠大量广泛地读书,才能构建起笔下光怪陆离、神奇诡谲的世界——作为读者,自然不能将目光只放在这一处,而该放远放广,超出所读的作品。郭敬明的书可读,托尔斯泰的书自然更可读;唐家三少的书可读,唐诗宋词元曲自然更可读;刘慈欣的书可读,霍金的书自然更可读……

总而言之,唯有多读书,才能多见多闻多感,才不会被一些看似光鲜实则浅薄的事物,蒙蔽了大脑,让自己在选择中不知所措,在决断前迷惘茫然。

人格与精神的完善，有一个重要因素，即情感。由是，读书的另一个好处，可谓之"广情怀"。任何一本有价值的书籍，必然寄托着作者最真实与最深刻的情感，而阅读便是体会的时刻，将这情感融入自我生命，丰富自我人生。

正源于正直而悲悯的情感，雨果于《悲惨世界》扉页题下文字，"贫穷使男子潦倒，饥饿使妇女堕落，黑暗使儿童羸弱——还得不到解决；只要在某些地区还可能发生社会的毒害，只要这世界上还有愚昧和困苦，那么，和本书同一性质的作品都不会是无益的"；正源于一种温暖的情感，诗人海子写下"面朝大海春暖花开"的诗句；正源于葆有童心与浪漫的情感，罗琳写出了《哈利·波特》这样风靡世界的作品……实则，情感的复杂与广袤，并非只言片语所能道出，更是需要通过个人的阅读，去真切体验与品味。然而，既要体味情感，阅读便未必轻松，甚或更加苦涩。若想只拥有快乐，不理解痛苦，必不构成完整的人生。读书之时，尤其不可回避。

人的一生，是否有价值，其实不必过于依靠外在的判断。在成功学流行的当下，太多人已迷失自我。认知自我，寻找自我，定位自我，并不仅仅是青少年需要做的事，每个人都该扪心自问。阅读，正是为人类指出了这样一条通向自我的路径。

只有拼出来的美丽，没有等出来的辉煌

虽然一路上会经历很多挣扎，但不要放弃自己的梦想，坚持不懈地追求它，最终你会成为命运的宠儿。所以，当你被挫折包围的时候，不要怨天尤人，保持一份积极的心态，比任何人都更努力，然后把自己放在一个可以成功的位置上。

第一是这样练成的

◇[塞尔维亚]德约科维奇　译/郭政皓

这就是我"训练日"的生活

我每天早上起床会先喝一杯水，然后开始做20分钟的伸展运动，有时会再做一会儿瑜伽或打太极拳。我的早餐经过精心设计，让我的身体有能量应对这一天——每天的早餐几乎都一模一样。接着我会在8:30和教练及物理治疗师会合，然后他们和我形影不离：盯着我吃、喝每一样东西，盯着我的每一个动作，直到我上床睡觉。他们一整年下来天天陪着我，无论是在5月的巴黎、8月的纽约，还是1月的澳大利亚。

我每天早上要跟陪练伙伴对打一个半小时，中间用温水补充水分，还会喝几口防护员为我特别调制的运动饮料。他会按照我每天的需要，仔细斟酌饮料中维生素、矿物质和电解质的含量。然后，我做伸展运动、按摩，接着吃午饭——避开糖和蛋白质，只吃适合我的无麸质、无乳制品的碳水化合物。

接下来是负重训练时间，我会用哑铃或弹力绳训练一个小时左右——每一组动作都要用高磅数弹力绳、低重量哑铃做一遍，最多要做20组动作。下午会喝一杯物理治疗师调制的高蛋白饮料，含有萃取自豌豆的医药蛋白。接着再做一次伸展运动，然后是另一堂训练课程，即练球90分钟，看看发球和回球有没有不顺或动作走样的地方。然后，做第四次伸展运动，也可能再按摩一次。

这时，我已经连续训练接近8个小时，但还有一点儿时间参加公关活动，通常是记者会或小规模的慈善活动。然后就吃晚饭——高蛋白的食物、果蔬沙拉，没有碳水化合物，没有甜点。之后我可能会看一个小时左右的书，通常是有关自我提升或心灵冥想方面的书籍，或者写日记。最后，上床睡觉。

要想保持世界网球排名第一，我只能严格自律

网球跟其他大多数运动项目不同，没有所谓的"非赛季"时间。我一年中有11个月必须做好准备，对战全球顶尖的球员，甚至可能是网球史上最强的球员。为了确保我的饮食是最符合身体所需的，我至少每六个月要验一次血，检查体内维生素和矿物质的含量。同时也要了解我的身体是否产生了更大的抗体，如果是，表示我可能正在因为某种食物而产生过敏反应。我有时会用生物反馈仪来检测我的压力。我的团队跟着我绕着地球跑：经纪人亚塔迪，让我能按照时间表作息，保持理智；物理治疗师艾马诺维奇，掌管我的身体健康；教练瓦伊达和助理教练维米奇，保证我的球技不会退步；我的女友伊莲娜·里斯蒂奇，为我做饭，陪我训练，让我的生活保持稳定。

一场巡回赛，我可能会在两个星期内打20个小时的网球，而且是最高强度的竞技。这场巡回赛可能是在墨尔本、迈阿密或蒙特卡洛，或是在加州、克罗地亚或中国，跟下一场赛事之间也许只相隔几天，我得从地球的一端飞到另一端。我生命中的每一天、每一刻，全部投入到如何让自己保持排名第一这件事上。我只能严格自律，没有一丝松懈的时间。

要多自律？2012年1月，我在澳网男单冠军决赛中击败纳达尔，比赛历时5小时53分钟——这是澳网史上历时最长的一场比赛，也是自网球职业化公开赛以来历时最长的单打决赛。许多球评人员称这场比赛为"史上最伟大的网球赛"。

赢得冠军之后，我坐在更衣室里，想做一件事情：尝一口巧克力。自从2010年夏天以来，我就没吃过了。艾马诺维奇拿了一根巧克力棒给我。我掰下一块，小小的一块，丢进嘴里，让它在我的舌头上融化。我只准自己吃这么一点儿。

要当第一，就要付出这样的代价。

离天堂最近的地方

◇冯　唐

　　我从小就喜欢读书，但是这与远大的理想和父母的督促毫无关系。我从小就较真，比如，老师鼓舞我们说"为中华之崛起而读书"，我会一直问："怎么定义'中华'？怎么定义'崛起'？读什么书？中华崛起和我读你说的那些书有什么关系……"还没等我问完，老师就不搭理我了。我父母很少读书，我爸关心大自然，特别是大自然中能吃的东西——他能叫出所有鱼的名字；我妈关心人们的生活，特别是邻里、亲戚之间的"凶杀"和"八卦新闻"——她知道方圆十里所有的八卦。即便后来我写的几本小说出版了、再版了、得奖了，另几本小说也出版了，我父母都不看。我爸说："看不下去，没劲，没写鱼。"我妈说："还是不看了，保持一下对你所剩不多的美好印象。再说，你能写成啥样啊，不就是那些情情爱爱的事儿吗？还能写出花样儿来？"

　　我从小喜欢读书完全是因为那时候没有其他有意思的事情可干。我生于20世纪70年代初，我们是最后一代需要主动"杀时间"的人：小时候没有电视、没有手机、没有电脑，也没有游戏厅、没有夜总会、没有旱冰场、没有保龄球馆。我对体育运动也没有任何兴趣，上街打架时基本是被打。只剩读书，于是我就读书。尽管那时候可读的书种类不多，但是已经能看到李白说"暮从碧山下，山月随人归"，已经能看到《诗经》讲"知我者谓我心忧，不知我者谓我何求"了。

那时候我上的小学和中学有图书馆吗？不记得了，很可能没有。街面上似乎有图书馆，一个区好像有那么一两个，每个图书馆里最热闹的是报刊栏，一堆老人站在报刊栏前看当天的《人民日报》《光明日报》《解放日报》等。各种不同的报纸上，百分之七八十的内容是一样的，老人们还是从头看到尾。有一次我试图进入一个图书馆，当值人员被我吓了一跳，以为我是来偷东西的坏孩子。我问："能借书吗？"她说："不能。"我又问："能进书库随便看看吗？"她说："不能。"我再问："为什么？"她说："你借书，怎么能保证你一定会还？再说这也不符合规定。你进书库，怎么能保证你会爱护书、不偷书呢？"我接着问："那你是干什么的？"她说："就是看着像你这样的人的。"当时北京有些街上的确有号称藏书众多的图书馆，比如北海公园西边有国家图书馆老馆，中关村南大街有国家图书馆新馆。我听说北京图书馆里有宋版书、元版书、外文书，还有没删节版的《金瓶梅》。但我连进都没进去过。我听说看《金瓶梅》要单位开介绍信，说明借阅的理由，如果介绍信被认为是假的，图书管理员身后会立刻蹿出两名警察来。

我第一次体验到图书馆的美好是在北大。北大图书馆离我住的28楼不远，早点儿去，如果运气好，能有个靠窗的座位。图书馆的楼层很高，里面有淡淡的男生的球鞋味，也有淡淡的女生的雪花膏味和洗发水味。窗外有很多很高大的白杨树，有很绿的草地，草地上有一些弹着吉他唱歌的男男女女，每个人的眼睛似乎都是全世界最忧郁的。七八页书看过，人一阵恍惚，掉进书里，周围的人消失，周围的墙消失，周围的窗户全部打开，周围的一切变软，从固体变成液体，再变成空气，混沌在四周，不知今夕何夕。时间变得很短，一个恍惚，又憋得不得不去撒尿了；一个恍惚，又饿得不得不去吃饭了；一个恍惚，日落月升，宿舍、图书馆要锁门、熄灯了；一个恍惚，白杨树的叶子落光了，草忽然变黄了。

协和有三宝：病历、老教授、图书馆。大量完整的病历非常方便做临床研究，提示某几种现象之间的联系，而且足以满足人们的好奇心，比如张学良不穿内增高鞋时的净身高有多高，某位明星生了几个孩子。榜样的力量是无穷的，老教授是最实在的榜样。这些不爱睡觉的老人早上7点就开始在病房里查房了，我们就不好意思睡到早上7点才起床。有了在北大培养起来的对图书馆的热爱，协和五号院北侧的两层小楼就是又一个可以不知今夕何夕的"洞穴"。从两百年前的原版医书到两周前的外文期刊，那里都有。我一边看一边感叹：人类早就能登上月球了，但我们还不知道人到底是什么东西。

16年前，我去美国读MBA（工商管理硕士）；16年后，我去美国休长假。中间这十几年，事冗时仄，只有两项运动：开会、应酬，读书都在马桶上、枕头上、车上、飞机上，把包里的Kindle（电子书阅读器）勉强算作图书馆。长假中，不设手机闹钟，在风铃声中自然醒来，忽然想到，可以再捡起多年前的爱好，再去泡泡图书馆。

开车去距离住处最近的加利福尼亚大学戴维斯分校，据说这是世界上农业科学学科实力最强的大学。靠近校园，有大片的实验性农田和果园，但是闻不到臭味。地上三层、地下一层，无须证件，无须存包，无人盘问，我就大摇大摆地进入图书馆。我在地下一层的一个角落里坐下，中庭泻下来的阳光很猛，松树很老，草很嫩。人很少，一切很静，走路、搬开凳子、掏钥匙、挪挪屁股，都会发出大得吓人的声音。坐下，吸口气，满鼻子纸张和油墨的味道。站起，去旁边的近期期刊区逛了逛，新一期《时代》周刊的封面人物是普京，新一期《麻省评论》的封面人物是卡夫卡，新一期《当代作家评论》的封面人物是李敬泽……

看书看到被尿意憋醒，去一层上洗手间，我沿着宽大的楼梯往上走、往上看，明晃晃的阳光，一架架的纸书，每本纸书仿佛是一个骨灰盒，每个骨灰盒里都有一个不死、不同、不吵的灵魂，进进出出、自由自在、无始无终。一切都是一副人间天堂的样子，我瞬间觉得整个人都变好了。

宁泽涛，"亚洲飞鱼"不做小鲜肉

◇珈 语

游泳小将成长记

1993年出生的宁泽涛，如今已是一个1.91米的大男孩了。大眼睛，高鼻梁，帅帅的……央视解说员用时下最流行的"小鲜肉"来形容他。

长着一张娃娃脸的宁泽涛，最爱吃的就是包子，于是队友们都叫他"包子"。宁泽涛很喜欢别人这样叫他，他觉得这样叫很亲切。在队里，宁泽涛主攻混合泳项目。这个项目训练强度非常大，对运动员耐力的要求也很高，而宁泽涛从来没有退缩过。他说，既然选择了这个项目，就必须全身心地投入，既要对得起教练的栽培，又要挖掘自己的潜力。后来，教练又让他专攻自由泳，父母也很支持他，希望他能成为一名全面发展的职业选手。

2007年，14岁的宁泽涛加入了中国人民解放军海军游泳队，师从著名教练叶瑾。这意味着宁泽涛的游泳生涯进入了一个新阶段。一帆风顺的背后也渗透着他无尽的汗水与努力。宁泽涛遭遇了长时间的伤病困扰，虽然困难重重，可都没有动摇他游泳的决心。从进入省队那天起，宁泽涛就认准了这条路；而在军队这个熔炉里，他坚信自己能得到更好的锻炼。宁泽涛很重视自己的军人身份。他对记者讲过三件事：一是海军游泳馆是全国游泳训练馆中最艰苦的地方，必须做好心理准备；二是他很小就离开父母，以前非常想家，而现在教练

和队友都成了他的亲人,他们像哥哥姐姐一样照顾他,使他深受感动;三是在赛场上无论成败,他都会控制住自己的情绪,"因为我是军人,代表军人的形象"。

跻身世界新"飞鱼"

2009年,宁泽涛首次参加全运会,在200米混合泳中闯入决赛,但是他只排到了第八名。当时,成绩一般的他并没有引起人们的关注。随后,他又遭遇了禁赛风波。叶瑾教练在这种情况下为他独辟蹊径,让他在短距离自由泳项目上发展。"他速度感很强,在短距离项目上很有优势,这是一般运动员所不具备的。"在叶瑾教练的指导下,宁泽涛从混合泳项目转向短距离自由泳,开始走向一片新天地。

宁泽涛进步很快,并在2013年辽宁全运会上崭露头角。当时,孙杨在中长距离项目上连战连捷后,100米自由泳成了他最后一个挑战项目。赛前,有专业人士称孙杨的主要对手是国家队的吕志武。比赛开始后,吕志武前50米一直领先,而在最后50米的冲刺阶段,20岁的宁泽涛后来居上,超过了孙杨和吕志武,最终夺冠。"48秒27"使宁泽涛排进了全球前六。在国际泳坛,人们常用"飞鱼"一词来形容泳池中的冠军,索普、菲尔普斯等人均被誉为"飞鱼",

而90后的宁泽涛也得到了这个美名。

宁泽涛在全运会上成了一颗耀眼的明星，这也使人们看到了中国男子游泳队在短距离自由泳项目上的实力。

亚运会上显神威

2014年9月23日，在仁川亚运会上，中国游泳队第一枚男子金牌产生了。宁泽涛在男子50米自由泳决赛中为中国队摘得一金。触壁后，宁泽涛将头探出水面，第一时间看向大屏幕。那一刻，他不太相信自己的眼睛，又问身边的同伴。当确认夺冠时，他振臂大吼，为自己欢呼。

更精彩的还在后面，在100米自由泳决赛上，宁泽涛以47秒70的成绩破了亚洲纪录，成为亚洲跨进48秒大关的第一人。这个成绩对于亚洲泳坛来说意义非凡，就好比亚洲人在田径百米赛跑中跑进了10秒。宁泽涛说："我非常满意这个成绩，下一个目标就是游到47秒50以内，能在世界舞台上取得好成绩。"然而，这并非他在仁川亚运会上的谢幕，在最后一个项目男子4×100米混合泳接力赛中，宁泽涛继续书写传奇。最后一棒，中国队落后日本队0.86秒，宁泽涛在50米后将差距缩小到0.51秒。到了冲刺阶段，宁泽涛不负众望，越游越快，在最后20米反超日本选手，最终以3分31秒37使中国队获得一枚意义特殊的金牌。时隔多年，中国队再次在该项目上夺冠，而宁泽涛的最后一棒起着关键性的作用。

如今，人们看到了亚洲泳坛的新"飞鱼"，而世锦赛、奥运会也在等着这位90后的大男孩续写传奇。

我是 我的梦

◇林书豪

故事要从我还是一个孩子的时候说起。我是在美国长大的，在美国，一个亚裔孩子打篮球并不是一件寻常事，应该说是一件挺稀奇的事。

在上小学五六年级的时候，我参加过一场篮球比赛，那天有个人恨不得扑到我头上，不停地说一些带有种族歧视的话，还恶毒地给我起各种外号。我清楚地记得，我当时真的非常非常愤怒和难过，很想揍他一顿。当时我爸妈非常希望我学弹钢琴，但是我对弹钢琴实在不感兴趣，所以从来都不好好练。每年举办钢琴演奏会时，我都拿自己上一年弹过的同一首曲子应付一下，这意味着我的钢琴水平每年都在原地踏步。于是我问爸妈："我实在不喜欢弹钢琴，我能不能打篮球呢？"他们居然同意了，并且全力支持我，花了大把时间和金钱，让我飞来飞去地打篮球联赛，结果他们遭到了身边朋友的质疑和取笑，我们这个社区其他亚裔孩子的家长对此也颇有微词。这也是我第一次意识到打篮球不仅仅是我自己的选择，更是我必须和身边的人一起走过的一段旅程，它的艰难之处在于我身边的人会因此而取笑我，大家觉得我一定是疯了。

第一年参加NBA的时候，我去了金州勇士队。当时签的合约是作为斯蒂芬·库里的候补，赛季刚刚开始的时候，他们甚至连队服都没给我。我在两周里被连续裁员两次，很明显，这样的境况对于我来说相当难熬，也深深地伤了我的自尊。我花了21年打篮球，好不容易实现了梦想，但是只高兴了一年，他们甚至没怎么让我上场打球就把我裁掉了。当时我甚至不确定自己选择打篮球是否正确，也不知道自己是不是应该继续坚持下去。但接下来发生的一切完全超乎我的想象，那就是发生在纽约尼克斯队的一件事——我被人们称为"林来疯"的时刻。我从来没想过，自己能在纽约尼克斯队有那般疯狂的表现，在那之前，我还从来没有像那样打过篮球。我也不清楚到底发生了什么，我和观众一样震惊。虽然我一路上经历了很多挣扎，虽然我反复被裁，虽然我被"下放"到小联盟，但我始终没放弃自己的梦想，并且坚持不懈地追求它，最终使自己成为命运的宠儿。

在之后的那个夏天，我与休斯敦火箭队签约。在休斯敦火箭队的第一年我过得并不好，每一场比赛我都觉得自己必须成为"林来疯"，必须无懈可击，必须达到那种疯狂的状态，甚至我觉得我必须创造历史，可是我打得并没那么好。于是我又开始纠结、郁闷。公众也再一次发飙了，每个人都开始嘲笑我，说我不过是昙花一现。我几乎难过、沮丧了整整一年。当那个赛季结束时，我向自己承诺："下一个赛季，我一定要尽自己最大的努力，成为一名更好的球员，我再也不要重现上一个赛季的悲剧了。"在休斯敦火箭队的第二年——也就是刚刚过去的那个赛季，我打得极其努力、非常主动，整个赛季都打得不错。整个赛季我玩命地打，从一座城市飞到另一座城市不停地打，可是就在一刹那，一个失误让情势急转直下，整个赛季的航线都变了，看上去好像一切都完了，所有的压力一下子都砸在了我的肩膀上。那个夜晚也许是我最难熬的一夜，我失眠了，茫然不知所措。我开始沉思，我对自己说："很多时候事情是不会按照你预期的方向去发展的，但是只要你拼尽全力，而且全心全意地追随来自你内心的声音，你就无须自责。你一定能闯过这关。"

回头看在休斯敦火箭队的这一年，我的状态的确下降了：我的得分、篮板、助攻、抢断都下降了。但是我真真切切地体会到了一点——我变得更加成熟了。正如大家所知，我被转会到了湖人队。当时我正在北京，凌晨两点，我在酒店里呼呼大睡时，手机突然响了。我一接通电话，经纪人就劈头一句：

"你想听好消息还是坏消息？"我就说："坏消息。"他说："你现在必须立刻去机场，飞回美国。"我说："OK（好的）！那好消息呢？"他说："你要去湖人队了。"整个赛季我听到的无非是金州勇士队、华盛顿奇才队、密尔沃基雄鹿队、费城76人队，跟湖人队完全没任何关系，所以，当他对我说我要去湖人队时，我异常兴奋。

我现在的感受除了兴奋还是兴奋，就算在我最疯狂的梦里，也没出现过自己在湖人队打球的画面。我不知道我的新教练是谁，也来不及结识新队友，我也不知道接下来的一年会发生些什么。但我清楚一件事，那就是我在休斯敦火箭队以及我之前的人生中学到的一切，关于坚持不懈、关于努力奋斗、关于积极向上，这些都将激励着我在洛杉矶湖人队继续打拼。能在湖人队打球是一件非常棒的事情，尽管比赛不一定顺利，尽管我可能会在比赛中受伤，尽管我可能打得很烂，甚至都打不到季后赛，尽管可能有千千万万的事情会变得糟糕，但是只要我坚持自己的计划，尽我所能一路拼到底，就一定错不了。

这就是我的故事。我分享了自己的故事，但是这对你有什么意义呢？

首先，我要鼓励你找到自己的兴趣，什么让你感到快乐，你最喜欢干什么。也许是艺术、运动、音乐，从学科的角度来讲，可以是科学，比如说数学，总之，不管是什么，找到你最钟情的那个领域；其次，尽自己的所能去追寻这个目标，你要比其他人更用功，我想这是极其重要的；最后一点也很关键，要知道人生永远是计划赶不上变化的，我们都有梦、都有愿景，都在筹划自己的未来，但是人生不如意十有八九，每个人都会碰到不如意之事，这并不意味着你要去忍受很多失望，最重要的是你该如何与这些失望相处，这才是坚持不懈的含义。

所以，当你被挫折包围的时候，不要怨天尤人，保持一份积极的心态，比任何人都更努力，然后把自己放在一个可以成功的位置上。

一只 特立独行的小猛兽

◇周　楠

　　用"独角兽"来形容金证济苍比较恰当——一只特立独行的小猛兽，闯荡自己的世界。

　　金证济苍今年21岁，出生在上海，小时候随父母移民至加拿大。他12岁开始炒股，15岁开始打工，3次组建乐队，是游泳健将，还是哈佛大学拳击队队员。这大概与父母的放手有关。15岁在加拿大读书时，金证济苍还曾因为早恋被母亲断了4年经济供给。

　　为此，他在寿司店包过寿司，在房顶做过建筑工人，在社区送过报纸，歪打正着地锻炼出自食其力的能力。在这期间，金证济苍把能逃的课都逃了，学习成绩却并未落后。

　　12年级（相当于中国的高三）时，他的毕业平均成绩排全年级第四，虽然SAT没有考到"亚洲人应该考到的分数"，却被哈佛大学录取了。

　　他分析道："别人的父母都是送孩子补这个补那个，我却没有把精力放在应试上，在社会里滚过了我的青春期，在哈佛录取办公室的人眼里，我可能是个另类的亚洲人。"

　　他曾写下一篇随想："生活里，世人通过社会标签给予一些掌声，一个正常人的轨迹在被完满地绘画着。但有些事，有些理想，不逼一逼自己，就老了。"

这位90后的CEO不讳言自己的理想。去年9月，他回国创办公司。金证济苍希望，自己有朝一日能成为一个有影响力的人，"我要把这个大项目真正做好，逐步改变外国人眼中的中国人形象。希望有一天，我的孩子无论身处何处，都可以自豪地说自己是中国人"。

2014年12月26日，金证济苍在上海开了一个"隆重"的媒体发布会——没有有名气的媒体，唯有一些自媒体人士和一些网络行业专业媒体。开发布会是要告诉公众，金证济苍的团队研发出一项Google（谷歌）公司倾力7年都没能做出来的新技术，叫"云视链"。

金证济苍演示起他的"大项目"。视频网站上播放的是韩剧《来自星星的你》。他的鼠标落在都教授穿的那件衣服上，这时，电脑屏幕上跳出一个小小的链接，直接显示出可以购买这件衣服的网店，若喜欢便可下单，还可以评论、点赞。

金证济苍说，这是因为视频网站内置了云视链技术。如果你是"卖家"，可以直接在平台上对某位明星的服装、首饰加个圈，输入购买地址，云端会自动分析你所圈的物体并无缝跟踪；如果你是玩家，可以将视频里有意思的物体告诉或分享给你的朋友，也可以收藏到个人中心以后观看。

对团队的未来，金证济苍说："即便在硅谷，最好的技术9个月以后也会面临竞争，所以三四个月以后我们若遇到竞争，也是很正常的。但一家公司要做大，光靠技术壁垒是不够的。苹果推出智能手机后，不久就被各色手机厂商山寨了，但这么多年过去，苹果依旧是苹果。于我们而言，创新精神不死，一直走在这个领域的前沿，保持这些与自己无关的理想，就能到达彼岸。"

漂亮的失败是另一种成功

◇白岩松

当下是一个成功学泛滥的时代。中国的很多扭曲和乱象，都与追求面上的成功有关。我们只是追求现实的结果，往往不追求真理；我们把结果看得非常重，因此我们从不享受过程；我们为了实现某种期待，往往不择手段。

2012年，我参与过整个伦敦奥运报道，伦敦奥运会最重要的那句话，叫"影响一代人"。有记者提问："体育如何影响一代人？"伦敦奥组委的一位官员回答："体育教会孩子们如何去赢。"这句话很正常，在中国，很多事都能教孩子们如何去赢，但是他的下一句话让我格外感动："同时，教会孩子们如何体面并且有尊严地输。"

这是中国人很缺乏的一种教育。在我们的教育体系中，孩子从小到大，什么时候学习过如何体面并且有尊严地输？

我记住了这句话。一方面，它让我更加明白，体育为什么在我们的生活中，扮演着如此重要的角色；另一方面，它像一面镜子，映照出此时的中国。有时，离故土越遥远，感受就越清晰。

其实老祖宗早已明白这个道理，说"人生不如意事十有八九"。既然不如意事十有八九，为什么我们从来不教"十有八九"时的心态和应对能力？十之一二的成功，被看得极其重要；十之八九的挫折，也被放大得无以复加。

回头看中国历史，包括世界历史，想想看，失败很可怕吗？中国有无数的历史人物，之所以伟大，是因为失败，而不是因为成功。

岳飞是因为成功才伟大吗？如果从我们现在的"成功学"角度来看，岳飞很失败。不管你仗打得怎么样，被人家十二道金字令牌召回，最后还给办了，在当时的社会来说，他是一名失败者。当时的成功者是谁？是秦桧。可是后来呢？秦桧在西湖边上已经跪了多少年，但岳飞是我们心目当中的英雄，对吗？

项羽是成功者吗？作为一个男人，一名将领，项羽已经失败到无以复加的地步了吧？都霸王别姬了。但是他仍然以英雄的形象，存留于中国的戏剧故事和百姓的谈论当中。反倒是"成功者"刘邦，让我们在内心里，产生某种不屑或者不那么喜欢的感觉。

林则徐的人生成功吗？大家只记住了他成功那一点——虎门销烟，却不知道在很多"妥协派"的压力之下，一年之后林则徐被去职。从当时的官场角度来说，他成功吗？一点儿也不。

为什么要补上失败这一课？不仅仅是因为人生不如意事十有八九，更因为人从出生开始，就是一条单行线，直奔死亡而去。就算你赢了全世界，也赢不了这个结果。死亡，是最大的"失败"，你应该怎么去面对它？

失败，其实有很多意义，这些意义比成功大，或者说有一种成功是必须以失败作为助推力的。南唐李后主，要论失败的话也登峰造极了，我们想经历那样的失败都难。但我们至今仍在谈论他，为什么？因为他作为一名伟大的文学创作者，留在了中国的文学史当中。如果不是彻底地国破家亡，他会写出"问君能有几多愁，恰似一江春水向东流"这样一种感怀吗？不会。这个失败对于李后主固然惨痛，但对于后人，对于中文的传承，何尝不是一件幸事？在他的文字中，失败，竟然成为一种美妙的意境。

莫扎特，我不止一次去过他的故乡萨尔茨堡。他生前在家乡不是一个受欢迎的人，屡受排挤，命运多舛。但他又是一个天才，天才到什么地步？他一生创造的音乐作品，交给普通人抄谱，都未必抄得完。在他的音乐中，你听不到失败，听不到挫折，听不到身世的飘零和所有的难言之隐。他的音乐，永远是人世间原本美好的那种存在,这是一件太奇妙的事情。

还有多少伟大的诗人,正是因为人生中的不幸、挫折和难过,才创作出那些伟大的作品。我们都知道苏轼的作品太好了,但苏轼的官宦生涯其实是非常糟糕的,屡屡被排挤,被贬谪,但即便这样,他仍然留下了传世的佳作,连生活中的负面情绪也找到了别出心裁的出口,否则"东坡肉"是从哪儿来的?所以,以史为鉴,回归到个人去看,我们应该知道,失败有时是需要的,而且是伟大创作的重要动因。

此外,我们还应该明白,挫折与失败原本就是变革的机会。要知道,人在胜利的时候是不必做决定的,但在失败的时候要做决定。

体育场上一直有一个准则——胜者不变败者变,对吗?2015年巴萨得到了"三冠王",但如果回到1月,这是几乎所有的体育迷都想不到的。因为当时巴萨已经近乎完蛋了,输给皇马,输给塞尔塔,尤其是在新年伊始,输给了皇家社会。

失败就像一个挤破毒瘤的过程。一次失败好像还无所谓,两次失败似乎也还能扛,但是输给皇家社会之后,整个队的矛盾全面爆发出来:梅西和主教练之间的问题、足球风格的问题等。这个时候球员们意识到惨了,如果不认真面对它,做出一个新的决定,他们将一事无成。快离队的哈维要跟梅西谈:"难道你就准备继续看C罗得金球奖吗?"然后去斡旋他跟恩里克之间的关系……

球队从那次失败开始,真正走上了正轨,创造了足球史上又一个"三冠王"的奇迹。如果没有此前接二连三的失败,尤其是输给皇家社会的那次惨败,如果当时稀里糊涂赢了,所有的问题,恐怕仍会稀里糊涂地存在着。隔几场输一场,隔几场再输一场,最后或许能拿到"三冠王"中的一冠,但不会达到如此伟大的高度。

做出决定,往往意味着一种变革,人生何尝不是如此呢?每当失败与挫折来临,你应该怀着好奇心去看待它,试图弄明白它的目的:难道这是一次提醒?难道我应该做出一个更有利的决定?

"自黑"：成功者的名片

◇戴晓雪

"自黑"大概是幽默的最高境界。成功的演讲者常常巧妙地拿自己"开涮"，借此拉近与听众的距离，调动现场气氛，为自己博得"满堂彩"。

美国第16届总统林肯的长相谁都不敢恭维，他本人也不避讳。在一次竞选活动中，对手道格拉斯与林肯辩论，指摘他说一套做一套，是个地地道道的两面派。林肯回答："道格拉斯说我有两张脸，大家说说看，如果我有另一张脸的话，我会带着这张脸来见大家吗？"他的话逗得满堂爆笑，连道格拉斯也乐得合不拢嘴。林肯嘲弄自己的短板，再引申发挥，通过尖锐而不刻薄的反击，显示出气度和智慧。

马云兴许是当代中国最擅长拿自己的长相"说事儿"的企业家。2006年在首届中国创业者论坛上，他自嘲道："首先，说我'瘦马'的有，说我'骏马'的很少，说我'俊'，说明你的眼光真的很不一样。"

马云在演讲时更喜欢"爆料"："我考高中失败两次，考大学复读了3年，毕业后参加过30多次面试，被拒30多次。去肯德基应聘，24个人收下了23个，我是唯一被拒的。去考警察，5个人招4个，我又是唯一被拒的。后来，我向哈佛大学递交过10次入学申请，每次都毫无例外地被拒绝……"难怪大家点评说：有人天生丽质，马哥是天生励志。

俞敏洪和马云的经历实在太相似了。他们都曾是"倒霉蛋"：高考两度落榜，第三年才考上，后来一位上了杭州师范大学，一位上了北京大学，专业都是英语，大学毕业后都留校当了老师，后来又都"下海"了。俞敏洪也是"自黑"高手："马云第一次高考时数学才1分，我比他好，我考了14分。"俞敏洪拉上同伴，再集中"火力"向自己开炮，发挥了搞笑本色，为大家所喜爱。

2015年4月底，网上热传奥巴马在白宫记者协会晚宴上的视频。该协会已成立90多年，一年一度的晚宴不亚于奥斯卡颁奖典礼。

很多善于讲段子的美国总统在历届晚宴上给观众留下深刻印象，奥巴马更是化身"段子王"。2014年的晚宴上，他拿自己过去一年面对的挫折当笑料。譬如，"奥巴马医保"网站推出后问题不少，一度瘫痪，奥巴马以此"抖包袱"说："2008年，我的选举口号是'Yes, we can'（是的，我能行）；2013年，口号变成了'Ctrl+Alt+Delete'（重启计算机的指令）。"他还提到了迪士尼的动画电影《冰雪奇缘》（英文名意为"冻结"），笑指电影名的灵感来自频频宕机的医保网站。

在风靡全球的TED（环球会议名称）演讲视频中，同样能发现很多演讲者身怀"自黑"绝技。2010年2月，美国神经科学家吉尔·泰勒做了一场激励人心的18分钟演讲，详细陈述了她在左脑卒中后，右脑神奇开悟的经历。泰勒描述自己脑卒中那一刻的情形，引得观众哈哈大笑。她说："我意识到'天啊！我脑卒中了！我脑卒中了'，第一反应是'哇！这太酷了！有几位神经学家有机会研究自己的大脑啊'。"霎时间，泰勒像喜剧演员般抓住了这一表现幽默的最佳时机："紧接着，我的脑袋里又蹦出来一个念头：'可我那么忙，哪有时间脑卒中！'"

"自黑"其实是在暗示听众，"别太把我当盘菜"。放下身段的"自黑"，能博得听众的认同感，让人觉得演讲者可亲可爱。

"自黑"的人是否特自信？答案恐怕是"Yes（是的）"。

我的围棋生涯

◇马伯庸

我小时候正赶上中日围棋擂台赛最热闹的几届。聂卫平在擂台上一路披荆斩棘，激起了无数国人学围棋的热情。当时我年纪不大，正是学棋的黄金时候，爹妈一商量，决定先让我舅舅教我，看我有没有这方面的天分。

我舅舅也不含糊，不知从哪里找来一本书，上面全是围棋棋谱。我舅舅说学棋必须打谱，然后先讲了基本规则，再从书里挑了一张，说："咱们就打这张入门。"

我那时候不懂，稀里糊涂就答应了。我们一大一小两个人对着棋谱，一步一步摆在棋盘上，每摆一步我舅舅都给我解说一下落子用意。但教到第五手就教不下去了。为什么呢？我舅舅说围棋的原则是"金角银边烂肚皮"，但是这棋谱里第五手，黑棋"咣当"一下，放到了正中天元。

这下我舅舅挠起头皮来，琢磨了半天，最后一拍桌子："可能是黑棋下错了！"继续往下打，结果越打越糊涂，开始还能解释一二，到后来彻底看不懂棋路了。经此一役，我兴趣丧尽，围棋之事遂罢，从此再没摸过棋子。

等后来我年岁渐长，偶尔在家里收拾东西，翻出那张棋谱，才知道怎么回事。那是1933年吴清源对秀哉名人的棋谱，号称世纪巅峰棋局。吴清源执黑先下三三，再下星位，第三子直落天元，震惊整个棋坛。我舅舅拿这个棋谱给我

入门灌顶,和让六岁的杨过逆练《九阴真经》差不多。

所以每次别人谈起围棋的时候,我都双目惆怅地凝望远方,喃喃说道:"都是吴清源害了我……"

有了这段经历,我对围棋虽无大成,但也有了些兴趣,只是很少下。在桂林上高中时,同宿舍有懂棋的兄弟邀战。我想我虽不才,但再怎么说也是吴清源熏陶出来的,梅庄四友、珍珑棋局之类的典故也熟稔在胸,岂能怕了你?于是欣然应战。

结果一局还未到中盘,我已然四角尽没,中腹被围,丧师失地之惨,有如晚清。我一看,不好,眼看要败,不由得学李小龙一声怪叫,把棋盘"哗啦"掀了,双手抱拳,朗声说道:"青山不改,绿水长流,咱们学业紧张,不可玩物丧志,这局不如和了罢!"对方不干,争执之下两个人打了一架,战况难分难解,反正不算我赢。我自幼时学棋,至高中方遇这一败。

从此我领悟到了一个道理:即使是围棋,也需要装。到了大学,我轻易不再出手,只是偶尔会买一些围棋的理论书籍,比如陈祖德的《超越自我》、吴清源的《中的精神》等,这类书有个好处,哲学高度和历史掌故谈得多,具体棋局谈得少,容易懂,又好唬人。

有了先进思想武装自己，再见别人对弈时，可就有讲究了。

首先观棋不语。待双方厮杀得差不多了，先"咦"一声，侧头微探，眉头轻扬，待引起别人注意时，再略摇摇头，幅度不可大，以20°～30°为宜。对弈之人看你这副神态，必会好奇心大起，问你说："同学，你也懂围棋？"

这时你须摆手推辞，说"略懂，略懂"，你越是推辞，别人越是好奇，非要拽着你请教。

这时你要负手而立，端详棋盘片刻，然后伸出右手在棋盘上虚空一指——注意，不可指得太清楚，不然露怯了——淡淡道："若下在此处，则另有一番天地。"弈者多半大惊，追问何故，可以微笑作答："咱们今天不谈死活，只说大势。围棋之道，取势为上，取地为下。"然后趁他们低头沉思之际，飘然离去。

为什么要抓紧时间飘然离去呢？一是充一下世外高人神龙见首不见尾的风度；二是确保万一，如果下棋的人反应过来你是在诈唬，搞不好真的会动手，所以早早离开为妙。

再后来，我负笈海外，求学于新西兰，中途难免心怀故国。于是我弄了一副围棋，在学校草坪上随意摆着玩。这时一名当地白人大学生凑过来，问我这是什么。围棋的英文名叫"Go"，可这是从日文读音学的。我心里不太爽，就告诉他这叫熊猫棋——黑白颜色嘛。

我眯着眼睛，高深莫测地告诉他："围棋之道，繁复无比，兼之有阴阳调和之理，不是寻常人能学会的。"这大学生是名理科生，数学极好，听了更感兴趣。我看他有诚意，就教了他些基本规则，又从图书馆找了本《英文围棋入门》，让他自己回家揣摩，告诉他揣摩透了，再来与我对弈。

我生平下围棋只败过两次，一次在高中，一次就是在这新西兰。

再然后，我忽萌退志，封盘收子，棋坛上从此再也没有我的身影。

大仲马 的"下流志向"

◇费 雷

　　大仲马曾为一本名为《新潮》的期刊开设专栏《美食漫谈》，这是一个类似聊天的栏目，话题经常会转到厨艺方面。大仲马在他人生的最后几年把精力几乎全投到这个专栏上了。从专栏中以下一段话可以看出，《三个火枪手》的作者对此有多么自豪：

　　"我很开心地看到，我在烹饪艺术上如此之快就出名了，甚至盖过了我在文学方面的名气。感谢上帝！我能在一个新的领域有所成就。

　　"说到这儿你大概会问我，我是怎么喜欢上烹饪的，师从哪位大师。我爱上烹饪，一如我爱上诗歌一样，乃天赋。其中一样——我指的是对诗歌的爱好——注定会让我破产，而另一样能给我带来财富，我至今仍梦想着有朝一日能发财呢。至于师从哪位大师，你以为我会怎样作答？我，一个绝对兼收并蓄的人！我师从所有大师，尤其是一位叫需求的大师。"

　　一天，大仲马收到一位朋友的来信，问他地道的那不勒斯通心粉怎么做。真是难得，我们的小说家居然被难住了。因为他讨厌通心粉。没什么理由，就是不喜欢。

　　为免除尴尬，也是为了满足朋友的要求，他给作曲家罗西尼写了封信。他听人说，他吃的通心粉是全那不勒斯最好的。

罗西尼友好地回了信，邀请大仲马去他家吃美味的通心粉，并许诺吃完后就把食谱给他。大仲马如约赴宴，但罗西尼注意到，自己为客人精心准备的通心粉对方几乎没动。一气之下，罗西尼决定不给他食谱了。

食谱没得到，大仲马的心病未除。一天早上，门铃响了，仆人通报说德尔·格里罗侯爵来访，侯爵一进门，大仲马感觉救星来了，热情地伸出双手："你知道通心粉怎么做吗？""我不知道，"侯爵答道，"但我夫人听说了你的难处，星期一来跟她共进晚餐吧，我向你保证，你将结识一位跟罗西尼全然不同的真正的厨艺大师，他会手把手地教你。""好极了！我下午三点钟到。"

星期一，大仲马准时赶到侯爵家，见到了侯爵所说的那位厨艺大师。厨艺大师已经开始忙乎了，他刚刚把通心粉下到开水里。

厨艺大师又端起一个盘子，上面是一团棕色的肉冻。"看看这肉冻怎么样？""看着就让人流口水。""这是拌通心粉必不可少的佐料。"

大仲马打开笔记本，掏出铅笔准备记录。"告诉我，我的朋友，这让人垂涎欲滴的肉冻需用些什么配料？"

"四磅牛臀肉，一磅熏火腿，四磅番茄，四个大白洋葱，加若干百里香、一片月桂叶、欧芹、一头大蒜，煮三个小时收浓。"厨艺大师回到炉前，通心粉还在锅里煮着。沉默片刻，他继续说道："记住，大仲马先生，通心粉煮过头就毫无价值了。它会变成一团面浆，没滋没味。但又必须将它煮涨。到底煮多长时间，得凭感觉。如果你失败两次，第三次肯定就拿捏得准了。你瞧锅里，煮成这样就恰到好处。看仔细啦，看我是怎样让它不再沸腾的。"大仲马瞪大眼睛，竖起耳朵。

厨艺大师把锅端下炉子，把一整块冰放进锅里。一团雾气升腾，旋即消失。他把通心粉倒进滤网滤干，拿过一个盛汤的砂锅，锅底铺了一层帕尔马干酪。他往上面放一些通心粉，然后是肉冻，再一层干酪、一层通心粉、一层肉冻，直至把砂锅装满，用盖子盖严。"好啦，大仲马先生，我知道的你也全知道了，"他说，"10分钟后上桌。"

大仲马回到客厅，他终于弄懂了那不勒斯通心粉的做法。

高仓健：做人的美学

◇桥本隆则

　　古装戏中的武士以及各种黑道英雄，拿持武士刀，身文刺青，高仓健展示的硬汉美学让观众如痴如醉。当新电影模式出现后，这位沉默的男子从社会拼杀回归到了对女性不渝的爱，在《居酒屋兆治》《幸福的黄手帕》中，他是性格温和而沉默的男子汉。

　　电影之外，高仓健几乎不参加任何演出，私生活从不愿公开。我们只在银幕上看到那个高仓健，那个男人中的男人：信义忠厚，不计得失，沉默寡言。

　　现头中的高仓健也没有背叛观众的期待。

　　注重礼节，注重交流，无论何时何地都为对方着想，这为他收获来自各方的尊重。

　　即使作为超级明星，很多事情他都亲力亲为，比如拍摄前都要亲自去现场确认。一次，京都台风袭来，下着暴雨，在场的演职人员都认为，这样的大雨，高仓健或许不会来了。可高仓健说过的事情，一定会做到。果然在约定的时刻，一辆黑色的轿车准点到达，车门打开，下来的就是高仓健。他冒着雨快步向现场走去，撑伞的经纪人和司机都没赶上他的步伐。看见浑身湿透的高仓健，所有在场的演职人员都把手中的雨伞扔在地上：我们要像高仓健那样热爱工作。

拍摄电影时的高仓健从来没有架子,我曾亲身到过他的拍摄现场,他从头到尾都没有坐下过。他81岁高龄时拍摄的最后一部片子,就算没有自己的戏份,也一直在现场站着看别人拍戏。曾有导演询问他为何在现场不坐着,他回答说:"如果我坐着,就会失去斗志。"这样的姿态也让与他一起拍戏的职员、演员深受感动。很多人说,我们虽然没有经历过日本电影草创期,但是从他身上能感受到日本电影前辈的伟大。这是他在用人格来教育周围的人,用行动来影响周围的人。

很多人都说过高仓健沉默寡语。但在为拍摄某部电影而前往富山刑务所体验生活时,他含泪向那些服刑的犯人说:"我要让你们回到珍视你们的人身边。"听到这番话,在场的犯人,以及参加拍摄的其他演员,包括刑务所的官员都被他深深感动了。

任何帮助过高仓健的人,他都不会忘记,知恩必报。

在日本电影界有两个很有名的传说。曾经与高仓健一起参加电影《居酒屋兆治》的女演员大原丽子,在很年轻的时候就不幸去世。在举行葬礼时,大家都认为高仓健会前来吊唁,但没想到的是,高仓健没有出现。直到灵车出发时,细心的记者才发现,在灵车经过的街道边,大雨之中,高仓健默默地站立着，双手合十，送别故人。原来，他是怕自己来到现场会引起骚动，所以没有直接去葬礼现场，而是用在大雨中的路旁默默送别的方式表达敬意。在大原丽子一周年祭时，他又去了她的家里，在佛堂前点上了自己特地带来的香。

另一个传说是他终生所爱的女人，他的妻子。在拍摄《恐怖的空中杀人》时，他结识了歌手、演员江利智惠美，1959年他们结婚，1962年江利智惠美怀孕，但是不幸的是江利智惠美得了怀孕中毒症，不得不流产，之后就一直没再怀上孩子。他俩却是日本演艺界有名的恩爱夫妻，高仓健在现场拍戏时，每天吃的盒饭就是江利智惠美亲手做的。1971年两个人却因为各自亲属的原因，不得不离婚。高仓健也从此再未结婚。1982年，江利智惠美因脑溢血去世，记者一直在等待高仓健来送葬，他却没有出现，只是用自己的真名送上了鲜花。只是当灵车出发时，他又是悄悄地来到现场，送了爱妻最后一程。

每年江利智惠美的忌日，高仓健总是会在清晨来到自己的爱妻墓前，细心地为她扫墓。开始时记者到达现场只看见鲜花，没有见到真人。之后一直蹲守才发现，原来高仓健是早上四五点避开高峰前来扫墓的。他是担心自己的到来会给其他人添麻烦，所以精心选择了这样的时间。

不给他人添麻烦是日本人从小就受的教育。在高仓健的为人处世上尤其体现了这一点。

"不能做任何给家庭带来羞愧的事情"，这是高仓健的家训。

在逆境中忍耐，严格要求自己，遵从母亲的教诲，不带任何羞愧地活在这个世界上，高仓健的成功背后，是他对自己的反省与自责，这大概就是他的做人美学吧。

为何在日本、在中国大家都喜欢高仓健？无论电影内外，他都是个有情有义之人，坚忍不拔之人；他虽有些笨拙，但对爱忠贞不渝；他是个认真完成自己工作的人。

普通青年爱因斯坦

◇宣金学

生活很不易,即使你是位天才,哪怕你是天才里的阿尔伯特·爱因斯坦。

逝世60年,爱因斯坦的光环依然照耀着宇宙,可在他的宇宙里,生活平凡得就像他常穿的格子衫。他喜欢泡在啤酒馆,和家人一起酩酊大醉……在校期间算是坏学生一枚,对教授不敬,经常逃课。

爱因斯坦爱喝酒,喝酒的时候,又爱与人辩论科学和哲学。

他也热爱公路旅行,诺贝尔奖颁奖仪式上,他放了负责颁奖的瑞典国王的鸽子,跑到离斯德哥尔摩6000公里外的远东去旅行。

这些故事来自前不久刚上线的"数字爱因斯坦"网站。在过去的几年里,以色列希伯来大学、美国普林斯顿大学和"爱因斯坦文档计划"的工作人员一起,将爱因斯坦生前留下的信函、档案、笔记、明信片等统统放上了互联网。

如今,世界各地的人们都可以免费查看与下载爱因斯坦的出生证明、小提琴测试结果、1886年学校成绩单,纵览爱因斯坦传奇又平凡的一生。

实际上这份数字档案更多地展示了这位大科学家极为平常的一面。"这就是成名前的爱因斯坦。"黛安娜说。她是"爱因斯坦文档计划"的负责人。

这意味着,芸芸众生对于爱因斯坦的想象终于可以超越新闻报道里说的那样——某某神童智商堪比爱因斯坦,大家倒是可以比较一下,你与爱因斯坦谁

的日子更平凡。

事实上，这个在1905年，26岁时连发5篇划时代论文的伟大天才，和那些普通人有太多相似之处。

他的工作不理想。他想成为一名大学教授，却问路无门，在朋友的帮助下，才勉强在瑞士专利局找到了一份检验员的工作。"大部分原因是他自己造成的——他并不是一名出色的学生。" 纽约大学的历史学家迈特·斯坦利说。

他的婚姻不幸福，离婚离得乱七八糟。

第一段婚姻维持了16年，其间他们的女儿是送人了还是夭折了，历史学家到现在都没搞清楚。唯一清楚的是，在女儿出生之际，爱因斯坦充满爱怜，非常激动。"等你身体好一些，一定要画一幅她的画给我。这太让人激动了。"他对分娩后的妻子说。

在爱因斯坦的档案中，可以看到部分离婚协议，他同意把他大部分诺贝尔奖金划给前妻用来抚养孩子。

特别为人津津乐道的确实是这个理工男的丰富情史。

在苏黎世上学期间，他追到了全班唯一的女生。有历史学家称，爱因斯坦先后有过10位情人，与他步入婚姻殿堂的只是其中两位。

从这批信件中还可以看到,爱因斯坦曾对第二任妻子坦承了自己与其他女子的罗曼史。

可能是遗传了父亲的性格,爱因斯坦的孩子和他们的老爹一样任性。因为孩子的问题,老爱操碎了心——小儿子20岁时被诊断出患有精神分裂症,随后情况急转直下;老大成了科学家,父亲还要不时监督他的经济状况。

普林斯顿大学出版社在其"数字爱因斯坦"网站上所展示的爱因斯坦44岁前写下的5000封书信、日记、科学论文,远不是故事的全部。

随着档案的陆续公布,会有更多的历史学家去探索爱因斯坦的世界,让更多的人看到,尽管头顶天才、财富和名誉的光环,爱因斯坦在他常人的那一面中,仍与生活做着不懈的斗争。

对这样一种膜拜或围观,那位不羁的天才似乎早有预感。

1922年6月,他写信给朋友说:"今天被崇拜,明天就会被鄙视,甚至被钉上十字架;天知道,这就是我辈被无聊大众所掌握的命运。"

当你竭尽全力，必然会有好运气

在我们身边，总有一些笔记记得很认真的人，但是考试成绩不理想；也总有些学习成绩非常好，但看起来并不怎么认真的人。很多人把他们定义为聪明，而我认为，他们只是在学习的时候，摒弃了诱惑，一心一意地在努力，那些努力没有让别人看到，那段时间也没有其他的干扰，在玩的时候也用心地在玩。

人生 最美好的，就是你的高中时光

◇特立独行的猫

我无数次回忆起我的学生时代，脑子里总是呈现出高中校园。算起来，我在小学、初中和大学都很出众，唯独高中并不算出挑，更谈不上成绩好得让人羡慕，但记忆的闸门一打开，满眼都是高中时的操场、教学楼、杨树缝隙间的点点阳光，以及操场上一圈圈跑步时的呼哧乱喘。我们都以为时光悠悠，岁月漫长，我们都以为，高考像一场噩梦，封锁了青春里的全部快乐时光，可有一天，我们会发现，高考其实没那么重要，岁月也不是那么悠长，一转眼，高考结束后在校门口挥挥手，可能就是各奔东西之前最后的一幕。

我有一个表弟，正在上高中。每次见到他我都会抱抱他，他害羞地笑，让我觉得那是他一生中最纯真也最真实的笑了。他学习成绩中上，但他会弹吉他，打的一手好篮球，唱歌也非常好听。他不再是高中时的样子，穿着土土的校服，天天学习。可尽管天天学习，也能回忆起好多美好的画面，让人觉得，高中生活不只有高考一样。我很羡慕现在的高中生，羡慕他们丰富多彩的生活，以及阳光美好的样子。从那以后的日子，可能再也看不到这样的画面了。

我有很多读者都是高中生，有很多人写信给我，跟我说高考的苦恼、父母的期望，甚至想着考不好就离家出走，觉得对不起父母。我特别想跟你们说，不管发生什么，只要不是死，父母都可以接受。等你长大就会知道，高考很重要，但没有那么那么重要，也并不是决定你一生的唯一一次机会。人生很久很长，有好多好多翻身的机会。并不是你高考成功了，上了你想上的好大学，人生就可以一劳永逸、飞黄腾达了。人生是一场马拉松，中途什么事情都可能发生，跑到最后、跑得最远的才是胜利者。人生不会因为一时的成功便永远一帆风顺，也不会因为一时的失败而永远抬不起头。当你的人生刚刚过18年的时候，要抬起头，看到远方。远方不仅是诗歌与梦想，更有等着你的爱人与幸福的未来，这一切，你还没有遇见，怎敢说自己已经失败？

你要问我，如果回到高中时代，我最想做什么，或者我最想改变什么。我最想的，是让自己变成一个美少女，不是短头发、大校服，也不是歪歪扭扭地走路和毫无美感的吃相，我想变成一个温美的女孩子，在高中花园的长廊里安静地看小说、看漫画，和关系好的女同学去买零食吃。这大概是所有高中女孩子都做过的事吧，可我没有，那些年我是一个那么乖、那么用功的学生。

现在的我，离18岁那年已经过去整整十年。离开校园的十年，历经艰辛的成长与社会的磨砺，早已不再有高中的纯真。可看到邻居家高中女生每天背着书包，迈着两条小细腿，在电梯里跟我微笑打招呼的时候，我便知道，年轻真好，花季真好，高中，真好。

跟优秀的人相处是一种什么感觉

◇Seasee Youl

和优秀的人相处，给我最大的感受就是自己也会慢慢变优秀。大三那年我们班从生物系转来一个男生，穿着白衬衣、浅色牛仔裤，一笑两个酒窝，酷似张智霖。后来分到我们隔壁寝室，他去之前隔壁寝室就是个生化炸弹研究室，充满各种泛黄的衣裤和滴着黑水的袜子，每个人去他们寝室的第一句话都毫无新意：真臭！

他去之后的晚上花了三个小时把寝室收拾得焕然一新，地板可以反光，桌椅整整齐齐，他们寝室的人从外面回来进门后连忙说："不好意思，走错门了。"出门后看看门牌又揉揉眼睛。

然后他隔两天就拿拖把把寝室拖得干干净净，也没什么怨言，弄得他们寝室里的人都不好意思，但是他并非变态式的洁癖，他只是需要一个干净的环境而已。

他每天早上七点钟左右起床，然后去操场跑步，跑个三五圈后回寝室换衣服，再吃早饭，一整天都精精神神的，我从未看到他表现出疲态。

他跟每个人说话都很和气，脸上带着微笑，只要有人找他帮忙他都会热心地帮别人解决问题，刚来我们班半个月，选班长的时候他就以近全票的人气获得职位。

野炊的时候他买物资、订车、借相机、拿烧烤架，整个流程井井有条，邻班的同学羡慕不已，他们上次搞活动，吃的没带够差点儿要吃人了。他甚至弄了几块毛毯，给女孩子铺着玩扑克，当时就有三个姑娘表示以后要追求他，他只是腼腆地笑笑。

篮球赛的时候他身先士卒，又打比赛又当教练布置战术，拿了全校第二，第一是体育系，毕竟我们体能跟不上，打完那一天他请所有队员吃了顿饭，说感谢大家的拼搏，成功失败皆骄傲，大家都很感动。

他很慷慨，只要同学在超市碰到他，他都会请人喝点儿饮料，吃点儿东西，弄得我们都挺不好意思的，一看到他都按住他的手说："班长，我请你喝可乐，给次机会。"

他不喜欢玩游戏，喜欢去图书馆看书，一待就是一上午。他谈吐很风趣，和他交流如沐春风，我们班主任有事没事就爱叫他去办公室聊天。

读到现在你是不是觉得他是穷家小户杀出来的？

并不是，他爸爸有自己的公司，他妈妈是武汉某医院的主任，家里资产保守估计八位数，他完全可以像"富二代"一样开豪车、泡美女，但是他没有，他用虔诚的态度对待生活，对人生的每一刻都如最后一刻一样珍惜。

而更让人诧异的是，他们那个寝室的六个人，一毕业，在大家还在摸爬滚打的时候就全部成了白领，在各自的公司如鱼得水。

优秀的人就像一团光芒，和他们待久了，就再也不想走回黑暗了！

教养，就是要让别人舒服

◇Huyan

很多年前，余世维在《管理思维》课中讲过一个案例，他说他有一个习惯，每次要离开酒店，他都会把床铺整理一下，把摊在桌面上的东西整理好，尽量把房间恢复成进来时的样子。这样进来清扫的阿姨会对住过的客人刮目相看。

也许客人和阿姨永远不会见面，阿姨高看这一眼也不会对客人有什么影响，但这就是教养，在看不见的地方更显宝贵。

研究生入学考试后等成绩的那段时间，我在一家麦当劳参加见习经理培训，培训的第一课就是倒餐盘。餐盘上有餐盘纸，只要不是被打湿或者故意破坏得很严重，清理餐盘是很容易的。只消把餐盘倾斜45度角插进垃圾桶的门帘，餐盘纸和餐后垃圾就会全部滑进垃圾桶，自己的手一点儿也不会沾上。

可据我观察，就是这简单的动作，国内大部分用餐者都不会做。父母更不太会鼓励孩子吃完麦乐鸡和开心乐园餐之后把餐盘清理一下。用好习惯换别人高看一眼？很多人还做不到。

有一次跟同事一起搭飞机出差，吃完飞机餐，看见他把餐盒、纸杯、废弃物一样一样整理好，铺平，然后把擦过手的餐巾纸摊开，均匀地盖在餐盘上，再交给空姐。我坐在邻座，瞬间觉得自己之前是多么粗鲁。垃圾本身不是美好的东西,但在丢弃时可以有教养。

看得见的教养是容易的。因为慑于群体的压力,但凡有些自觉的人,都能发现自己跟文明的差距。在干净的环境里你不好意思乱丢垃圾;在安静的博物馆里你不敢高声喧哗;在有序的队伍中你不好意思插队;在清洁的房间里,你不会旁若无人地点燃香烟。所谓的教养,真实存在于环境感染力中。

难的是看不见的教养。在乌合之众中谁能保持优雅和有教养?在群体无意识中谁能保持清醒的判断?在舍生取义的时刻,谁还能像一位绅士,把生的机会留给妇孺老人?这不是作秀和异类,这恰恰是最能体现教养作为品德的可贵之处。

更难的是那些"慎独"的教养。日本有一种文化,叫作"不给别人添麻烦"。比如不小心把水洒在了地铁座位上,即使下一站就要下车,也要想办法擦干净,这样下一位乘客就不会觉得麻烦。

虽然没擦可能也不会被人批评,虽然大多数时候并没有机会跟下一位乘客认识,但这种谨慎独处、保有敬畏的态度恰恰是最能考验真假教养的地方。

再比如之前说到的整理房间、清理餐盘和盖上餐巾纸,看起来都是细节小事,难就难在明知道没有"好处"依然保持,这就比"被称赞的道德模范"好得多,也可持续得多。

教养不是道德规范,也不是小学生行为准则,其实也并不跟文化程度、社会发展、经济水平挂钩,它更是一种体谅,体谅别人的不容易,体谅别人的处境和习惯。

不因为自己让别人觉得不舒服,这就是教养的简单道理。

别人抢不走的东西

◇林 夕

"这世界上有两种东西,是别人抢不走的:一是藏在心中的梦想,二是读进大脑的书。"

这是有心人从网上找来的人生哲语。一看,他人抢不走的,还真多。

吃进肚里的食物,留在心里的回忆,筑在脑里的心机,以至个性、嗜好、命运。

用上"抢"这个字眼,若非身外物,的确是抢无可抢的。草拟这句哲语的网民,用个"抢"字,无非出于最善良的意愿,让天下裸婚、裸活的裸族,在人生的荒原中,凭拥有身内物而感到安全,有个最后的堡垒。

可以在不动声色、不知不觉下偷东西,可比强盗抢劫更难以提防。

别人抢不去的梦想、品行、性情,难道就不能吹一道清风过来,让你迷迷糊糊中把心里的东西拱手奉送,然后换来别的放心上?一个人不成,往来甚密的一群人,整个社会的陌生人,都有下迷药的本事。

即使把心上锁,别人夺不去你宝贝的梦想,一个粗暴的手势,也就堵住了梦想成真的门路。所幸那叫作梦想,梦幻之处,正在于想想也是提神的,实现之前,所有准备的动作也属于个人独一无二的演出,快慰得只有自己一个观众也无所谓。如果还没有建设成型或者破灭放弃的才堪称梦想,那真的没人能

抢,守城还是弃城,全在自己。

从来都不怕别人来抢,只怕有人来送。没有营养的文字,没有参考价值的意见,不请自来的信息,擦身而过后留下来的气息——却之不恭,受之有惑。好像有所选择,但选择太多,反而成了全吞进肚里的鸡肋。

不怕抢,也不怕送,也绝不怕自己把心锁得不稳的话,最怕的,就是把自以为宝贝的梦想、读进脑里的书扫地出门吧。

既然是宝贝,自然舍不得,比如某些回忆、某段感情。别人横刀夺你所爱,或者你所爱的成了逃犯,人都走了,你的回忆与感情还在,总要自己亲手处理,却总是软禁容易赶走难。

直至宝贝窝在酱缸里养出蛆虫,也如"文革"的后遗,不着痕迹的歪理,无声无臭地入心洗脑。别说赶的办法,连拿起扫帚的意识,怕也要别人来送。

所以,那句人生哲语,我想改为:这世上有太多东西是别人抢不走的,却有更多的东西是自己赶不走的。

慢慢来，一切都来得及

◇meiya

最近这几年好像每一次我收到高考失败的考生写来的信都会回复，为什么呢？因为我曾经遭遇了和他们一样的痛苦，希望自己作为过来人的经历能够对他们有一点儿帮助。

当年，我上的是小县城的二中，虽然那所学校能考上重点大学的人并不多，但我的成绩在班上和年级里都是名列前茅的，所以考个本科没问题。第一次高考的时候，我的班主任说我二本包上。但我只考了一个三本，还莫名其妙地报了一个自己不喜欢的会计专业。后来，我选择了复读，那一年我读书很拼命，成绩也很好。第二次高考的时候，班主任说我能上重点，可那次的高考成绩我排复读班第16，是我那一整年考试中最差的一次，成绩刚超过普通二本几分，更糟的是我还报考志愿失误，连普通的本科都去不了，上了一个上海的高等专科。

连续两次高考失败和报考失误对我的打击是非常大的。我是能够深深理解和体会的，那种痛苦的情绪很复杂，是尽了最大努力之后依然遭遇失败的委屈、不公、愤怒，混合着无助、无可奈何和自我怀疑。我怪自己、怪上天、怪社会。

当我拖着行李走在小小的专科学校时，我和你一样，非常绝望，觉得自己的人生彻底被自己毁了，这辈子完了，一切都没有意义。也许我可以很鸡汤又戏谑地安慰你：高考失败算什么，我高考失败了两次，现在却做了自己真正喜欢的事情，成了作家、心理咨询师，实现了梦想；李安高考失败了两次，还是成了著名导演。你要知道，高考并不能判定一个人的能力如何，它不是你衡量自己的唯一标准，你要学会跳出这个评价标准，重新更客观地看待自己。你也许不会认同这样的说法，还是认为高考失败会毁了你的一生，我猜你会说，我们的情况不一样，但事实是每个人都会失败，不是考试失败，就是恋爱失败，或者职场失败、婚姻失败……人人都会经历失败，可大多数人并没有被失败毁了。

高考失败在现在的你看来是人生中最大的挫折，那时的我也是这样认为的。但随着时间的流逝，你不断成长，你会发现有更多的失败和挫折在人生之路的前方等着你。这真是人生残酷的真相！到时你也会发现，相比于人生中的其他挫折，高考失利简直就是"失败"这桶水中的一滴水，或者人生雨季中的毛毛雨，而非倾盆大雨。

《圣经》中有说，上帝不会给人他无法承受的痛苦。如果从这个角度看，这似乎又是人生的温柔之处：在你还不够强大时，给你小一点儿的挫折，让你能够成长，变得更强大，好去应对接下来更多、更大的挫折。不过人生更温柔之处还在于：如果时间拉得够长，所有失败的痛苦都会变成一种礼物。

我可以和你分享我自己的经历。两次高考失败除了给我带来痛苦之外，更多的是成长和改变。因为高考失败我稀里糊涂来到上海，在一所自己不喜欢的专科学校，读着一个不喜欢的专业，然后我开始认真地寻找和探索自己喜欢什么，开始看很多的书、尝试不同的工作、自考本科……

这个过程给我很大的收获：一是认识和了解自己。你越认识和了解自己，就越知道自己想要的是什么，就越不容易被外界所左右和困扰。二是改变的勇气和信心。我在大学转换专业成功，从会展专业变为广告专业，使得我后来也敢于从广告这一行转到专职写作和心理咨询。三是自我教育和学习的能力。高考失败后，我第一次开始认真思考教育的本质与意义，我认识到教育的目的是教会一个人如何更好地生活，而不是成为考试的机器。自考的过程养成了我自学的习惯和能力。这让我受益无穷。我希望自己是一个一生都不断学习和成长的人。现在除了上一些心理培训课、定期做个人心理体验外，我还在读在职的心理学研究生。

乔布斯在自己的演讲中讲了自己退学的故事。因为里德学院高昂的学费，他休学了，可以不照正常选课程序来，然后他跑去学书法。里德学院的校园内每一张海报上，每个抽屉的标签上，都是美丽的手写字。于是他学到了优美的字体，学到如何在不同字母组合间变更字间距，学到活版印刷伟大的地方。十年后，他设计出了第一台能印刷出漂亮东西的个人计算机。他说："你不能预先把点点滴滴串在一起；唯有未来回顾时，你才会明白那些点点滴滴是如何串在一起的。所以你得相信，你现在所体会的东西，将来多少会连接在一块。"我从高考失利上领悟到同样的东西：你得信任自己的经历，尤其是那些失败的经历，只要时间拉得够长，就能彰显其非凡的意义，让你的人生变得不同。

人生其实有很多的选择和机会，一次高考失败不足以毁掉一个人的一生，你的人生也不会那么轻易就被毁掉。其实真正毁掉一个人的从不是失败，而是面对失败的态度。如果你因为一次高考失败，从此以后一蹶不振，怨天尤人，自暴自弃，人生才会被毁掉。

越是成长，我越是明白这世间没有哪件事是只有一面的，只有好或者只有坏，它们必然拥有两面，就像一枚硬币一般。

失败令人痛苦，但它的正面意义是教会一个人如何面对挫折，然后更好地往前走。人们熟悉智商（IQ）和情商（EQ）这两个概念，其实还有一个挫折商（AQ）。高AQ和低AQ的人最大的不同在于高AQ的人更积极乐观地看待挫折，低AQ的人更消极悲观地看待挫折。这也符合积极心理学的理念。

尼采说，任何不曾杀死我的东西，都让我变得更强大。这世间所有的事情都具有两面性，连挫折也是如此。挫折给你带来痛苦的同时，也让你获得成长。人生确实没办法重来，但是我们可以选择重新出发，选择重新看待失败和挫折，学会从更积极的角度看待挫折，能够帮助你降低挫折的伤害，顺利度过逆境的时光。我相信每一次生命重伤背后都有一份化了妆的礼物，一份美好的祝福，就看你收没收到。

慢慢来，一切都来得及。

你只是 看起来很努力

◇李尚龙

一次上课，一个女孩子垂头丧气地跟我说："老师，我考了四次四级，还没过，究竟是为什么？"

我说："你真题做了吗？单词背了吗？"

她拿出已经翻破了的真题，跟我说："你讲的所有的题目我连答案都记得，单词书也背了很多遍，我这么努力，为什么过不了？"

这是一个我印象特别深刻的学生，因为在我眼中，四级考试难度不大。据说，每年通过率有将近百分之八十多，那些没过的百分之十几还包括了裸考的和放弃治疗很久的人。我想，一个人要多有毅力，才能一直保持在后百分之十几稳定地不过。

可是，看着这个学生满满的笔记，我心想，看起来很努力啊，为什么还不过？

因为时间关系，我们草草地聊了几句，我就继续上课了。

在路上我再次想到了她，发现无解。这种感觉就像一名医生知道病人有病，但就是不知道如何去医治他一样。

第二天她又带着厚厚的笔记来问我。

我只能使出大招："放心吧，你这么努力，下次肯定能过。"

那学生讪讪地说："但愿如此。"

对这个世界来说，没有什么果是没有因的，即使现在因看不出来，也一定是存在的。很快，我找到了那个女孩子的因。

那是我最后一次见到那个女孩子，她再也没有出现在我的课堂上。

结课那天，我去她的位置，指了指她的位置，问她身边的一个女孩子："你认识她吗？"

她说："认识，龙哥是我同学。"

我说："她为什么总是逃课？"

她笑笑说："她事情比较多。"

我明白了，这女孩子是学生会主席，同时兼几个社团的团长，参加活动、组织活动很积极，朋友也很多。可唯一没有时间的事情，就是独处。而学习英语是一个特别需要独处的过程，你需要一个人读很多遍，安静地背许久才能印在大脑里。而她只是做了一遍真题，草草地对了一遍答案，然后冲出自习室继续做学生会的事情了，至于这套题，在她脑子里面只留下来了"我这么努力地做了一套题"的意念，根本就记不得几个单词。就像她告诉很多人自己报了一个英语班，可是几乎从来没上过课；就像她找很多人探讨过怎么学英语，但是从来没有真正记住点儿什么。骗别人很容易，骗自己更容易，可是，骗这个世界的因果，有点儿难。

我想起了另一个女孩子B，她总是喜欢找我推荐一些电影和书，还要求是格调很高的。所以我每次看过的书也会给她拿过去让她看。她每次看完，都会发一条微博，下面无数个点赞的。

有一次我跟她闲聊："你告诉我一下，上一本书你看完记住了什么？"

她说："忘了。"

留下一只乌鸦在叫。

回到家，我看她的朋友圈上说：又看完了一本书。我赶紧给她的朋友圈点了一个赞。

还有一个朋友小路，特别喜欢去自习室，我每次在朋友圈都会看见她的文字：最近很累；快考试了，最后几天拼了；早出晚归……

我觉得她真的很努力。可是，该不过的，还是过不了。她的所有考试，留下的似乎都是各种波折和无奈。

毕竟，所有的努力，都不是给别人看的，这些努力，是否真正到达了内心，变成了你的能力？一次和她一起自习，看见她带了会计书、英语书、考试卷子，可是，这些都没用，因为她还带了手机。

她一上午的学习其实都是在刷朋友圈、刷微博，这种所谓的努力，其实只是看起来很努力而已。

看起来每天熬夜，却只是拿着手机点了无数个赞；看起来起那么早去上课，却只是在课堂上补昨天晚上的觉；看起来在图书馆坐了一天，却真的只是坐了一天；看起来去了健身房，却只是在和帅哥美女搭讪。在我们身边，总有一些笔记记得很认真的人，但是考试成绩不理想；也总有些学习成绩非常好，但看起来并不怎么认真的人。很多人把他们定义为聪明，而我认为，他们只是在学习的时候，摒弃了诱惑，一心一意地在努力，那些努力没有让别人看到，那段时间也没有其他的干扰，在玩的时候也用心地在玩。

学习之前，你有没有制订计划，告诉自己今天要学到什么；背下来什么；掌握什么能力？没有目标的努力，没有计划的奋斗，都只是作秀而已。

你的生活，和别人看你的生活，是否是一样的？那些所谓的努力时光，是真的头脑风暴了，还是，只是看起来很努力而已？

写给儿子的恋爱须知

◇刘　墉

儿子：

　　现在就把这个文件下达给你是否早了？我很犹豫，可是又怕迟了，因为你已经18岁了。

　　也许我是多事，可是不干涉你一下终究不甘心。尤其你的恋爱素质不够好：你脑子不笨，人颇讨喜，善交际，会说话，不固执。你又正好赶上了这个男女交往障碍不多的年代，我真担心你少年轻狂，早早就败了胃口。不是我危言耸听，《恋爱须知》的宗旨，就是给你设障碍。这对至情至深的人来说是多余的，对于你，我却要试着当一次愚蠢的教育家，希望能对你有所规范。

　　一、每一个令你真正动心的女孩，必有一点其他女孩不会再使你感觉到的极美之处，这一极美之处会在一个阶段里不由分说地主宰你，令你全身心地感动。所以它应该是你终身的神祇，即便分手也不可以亵渎它，否则就是亵渎了你自己的感情。如果你仅仅是对某个女孩感兴趣，却没有那种原子裂变似的反应，你不可去招惹人家。你可以等待，等待时间和机遇为你揭示这种兴趣的源头，爱与发现是紧紧相连的。

　　二、恋爱无经验可言，无技巧可言。通向不同的对象，路径一定不同，你须潜心体验，小心分辨才能找到那条特殊的路。经验与技巧则会使你变得粗糙，它们只会令你越来越小心分辨才能找到那条特殊的路，它们只会越来越快地带你走至那世俗过程的尽头，而你的所求是那极美之处，是更为精致与奢侈的爱的享受。

三、经验和技巧还会使你有游戏感。游戏偶一为之，只要不自欺欺人，并确认双方都懂得游戏规则当然不是不可以。但是你须当心，感情游戏的花样是很有限的，一旦重复，自己无趣，且会成为他人的笑柄，那真是偷鸡不成蚀把米了。更何况感情"失贞"的次数多了，喜怒哀乐不能保鲜，终究也都会走味儿。

四、不要以为男人能追上女人、女人能迷住男人是什么了不起的事，这是这个世界上最容易成就的业绩，因为男女之间相互吸引是人的本能。恋爱的成功只对自己有意义，对他人没有意义。把女孩当资本来炫耀，或当作趋附时尚的填充，都是一种商业行为。

五、敬重有年轮的感情，敬重有了沧桑、有了倦意，看似松弛而平淡的亲情。你慢慢会懂得它们的好处，并且慢慢会明白它们的厉害。如果你的爱，伤及女孩与她周围亲人的关系，你不可接受更不可要求她牺牲。新鲜感情所取得的胜利从来都是暂时的——因为新的里面本来就没有多少"时"。

六、有能力爱的人也不需要抢夺他人已经占领的地盘，人若争夺的也无非是你所爱之人身上那些世俗性的好处，你让给他就是。

七、语言在真情的压迫下是没有表现能力的。甜言蜜语说得越顺嘴、越有才气就越不可信任，但是人们往往迷恋语言带来的快感。你要慎用语言，有"涩"的感觉才是最高境界。

少女 黛玉的痛苦，我们都有

◇闫　红

许多人评价林黛玉"小心眼儿，哭哭啼啼的"。说这话的人，有的没看过《红楼梦》，不过是人云亦云；有的看过《红楼梦》，只是少了点儿耐心。他们没有耐心去体会一个少女的成长，才看个开头就下了定论。

林黛玉，曹公最为珍重的心上人，性格怎么可能如此单薄？《红楼梦》超越诸多古典小说的地方在于，它里面人物的性格总在发展着，被视为成长小说也不为过。你可以看到，宝玉在成长，宝钗在成长，林妹妹也在成长。

林妹妹一出场，的确是与眼泪相伴。先是在贾母面前，被这位慈祥的老祖母几声"心肝儿肉"叫得伤感，"哭个不住"。晚上回到住处，她又独自抹起了眼泪。紫鹃跟袭人说，她是因为白天看见自己招得宝玉犯了"疯病"，不安得流下泪来。

这确实是个理由，但只是理由之一。黛玉小小年纪，突然飘落到这人地两生的所在，眼前人语喧哗，珠环翠绕，却筑成一道冰冷的壁垒、一个陌生的江湖，让不久前还在父母膝前撒娇的她，怎能不暗自心惊？整个白天，无论是回答贾母的问话，还是到两位舅舅的房间里做礼节性拜访，她都察言观色、步步小心，生怕多走一步路、多说一句话。深夜的灯下，她也才松弛了一半，惶恐、委屈、惊惧俱上心头，未来像一片黑暗的大海，等待她泅渡。

还好，黛玉很快就适应了环境。贾母宠溺，宝玉呵护，她心恬意洽，但似乎又愉悦得过了头，接下来她的每一次出场，居然都是在得罪人。

先是得罪了王夫人的陪房周瑞家的。这周瑞家的，生了一双势利眼，但偶尔也能发发善心。这些都不论，黛玉冒犯她那回，却是毫无道理的。原是薛姨妈有十二朵宫花，让周瑞家的送给贾府的小姐和少奶奶们，周瑞家的由近及远送了一大圈，最后两朵送到黛玉这里。黛玉瞟了一眼，冷笑一声："我就知道，别人不挑剩下的，也不给我。"

听听这话说的，比那个抱怨"像样的东西也不能到我手里来"的赵姨娘高明不到哪里去，丢了主子的身份不说，还白白得罪一个能在王夫人面前说得上话的人。林妹妹这性子使的，真是不值当。

她得罪的第二个人，是李嬷嬷。李嬷嬷是宝玉的奶妈。在薛姨妈家里，宝玉要喝酒，李嬷嬷劝他不要多喝，怕老太太老爷问起来，她做奶妈的也要担责任。黛玉不管她的苦衷，"悄推宝玉，使他赌气"，又说"别理那老货，咱们只管乐咱们的"。这口风，又有点儿像那个晴雯了。

李嬷嬷自诩火眼金睛，骂起袭人都是"狐媚子哄宝玉，哄得宝玉不理我，听你们的话"，这种被遗弃感当是她的一个痛点。她对黛玉虽然敢怒不敢言，焉知她不会跑到王夫人面前说点儿什么？她的身份和资历在那儿，又是个不大有分寸感、不怕生事的人。

黛玉最初在王夫人房间里跟王夫人谈话，相当机警谨慎，怎么一转脸就这样任性使气？窃以为，这里面是带了点儿表演性质的。她跟周瑞家的挑理，当是做给贾宝玉看的，她要在他面前，表现出一个卓尔不群的自己。

要显得卓尔不群，路径有很多种，其中一条捷径是到处树假想敌。亦舒曾说，有一种女人，"不知多喜欢有人得罪她，好挟以自重，骄之亲友"。一个人，若被全世界迫害，似乎足以说明自己不同流俗——俗，不就是大众吗？杜甫写诗夸李白，就说"世人皆欲杀，吾意独怜才"，一听就知道这人牛得很。

黛玉和李白一样，缺点与优点同样突出。也许有魅力的人，总有各种瑕疵，"十宝九裂，无纹不成玉"，那些瑕疵，正证明它的真。林黛玉的种种张狂里，有一种我们熟悉的少女气质。除了宝钗这种仿佛一出生就很成熟的人，谁没有过把拧巴当个性、把尖锐当真性情的少年时代呢？

而她撺掇宝玉不要理睬李嬷嬷，亦未必是赞成宝玉喝酒，更多的，怕是想在宝钗面前展示自己对宝玉的控制权。当李嬷嬷说"你倒是劝劝他，只怕他还听些"，黛玉理直气壮地一通抢白，是在撇清，也是逞口舌之快，但终归，还是暴露了她内心的紧张。此时，她对于新环境的紧张，已经转换为对宝玉的紧张。

若不是心中不踏实，怎会在意一城一池之得失？若是真的自信，又何必一次次地突出自己？黛玉这样处处留心，掐尖要强，不过是因为她没有从宝玉那里得到她想要的那句话。那时的宝玉，对她虽然也是温存体贴备至，但总是处于青春的躁动期，真如黛玉所言，是见了姐姐就忘了妹妹。

爱一个没有十足把握的人，就像在暗夜里踮脚走过水洼，你不知道哪一步会踏空。你看那时的黛玉，她试探、争吵、哭闹、没来由地吃醋，这些，像一粒粒石子，将黛玉原本安宁的生活硌得伤痕累累，但也是她在黑暗中的落脚点，一粒一粒，将她带到光明的地方。

宝黛之恋，并不是一见钟情式的。虽然一开始宝玉也说，"这个妹妹我好像见过"，但在这种似曾相识的好感之后，宝玉又漫游了许多地方，见了很多人，经过一系列的比较、思考与顿悟，才终于确定，他只能得到黛玉的那份眼泪，黛玉才是那个与他同生共死的人。在这之前，黛玉要受许多苦、掉很多眼泪，甚至失态很多次，这既是小说一开始所言的"还泪"模式，也是一个少女能为她的爱情所做的。

在曹公的笔下，一个女孩子并不是因为聪明懂事而可爱。相反，是因为尖锐、计较、虚荣、笨拙而可爱，黛玉的魅力，很大一部分来自她的自苦。那自苦，让你对她有一种同情，似乎看到曾经那个不知所措的自己。

当黛玉亲耳听到宝玉当她是知己，确定自己才是宝玉过眼的弱水三千里愿意掬起的那一瓢饮，她突然就变得安宁、柔软了，像是破茧成蝶，你看到的黛玉，再也没跟谁起过冲突。

高考的 迷人之处

◇衷曲无闻

高考前夜,挣扎到凌晨五点也睡不着,哪怕有一千个理由告诉自己要以平常心对待,但就是办不到。两天后,交完英语考卷,仿佛交走了半生的嘱托,三百多个饱含汗水与泪水的日日夜夜,把我无声无息地淹没。

关系最好的几个死党,只有我一个人没有上一本线。在已经下定决心收拾课本准备补习的时候,因为扛不住压力,我选择去读二本。死党们有的去武汉,有的去北京,有的去重庆,只有我留在贵州某个不起眼的角落。世事如棋,别人在他们的局里围追堵杀,而我成了弃子。

尔后,每一次听他们谈论大学里的见闻,只有我在角落里默不作声。

前些天有位读者评论我的另一篇写高三的文章:"当我看到那句'在已经下定决心收拾课本准备补习的时候,我因为扛不住压力,选择去读二本'时,我瞬间吐血了,然后默默地感慨,让我们这些读三本的怎么办?"

这让我想起之前和一名省重点中学的高三学生的谈话,他问:"当你累的时候怎么发泄,我已经扛不住了,感觉好无力。很多性格品质好的人遇到挫折都可以用一些'简单粗暴'的方法解决,但我性格比较糟糕,睡个觉吃顿好的,过后面对问题依旧烦。"

我说:"所有的坚强,都是柔软生的茧,性格是磨出来的,反复失败,不断碰壁，伤疤硬了便能防身。"

他说："我天生不自信，我看不到自己优秀的地方，班上为数不多的几个朋友样样都比我强，我就这样活在他们的对比下。"

我说："首先要发现一些自己优秀的方面，把那个方面做成自己的品牌。比如我喜欢写作，大学就花了一半的时间在上面。上天会给每个人不同的天赋，需要去发现和放大。"他沉默了一会儿，我追问他："你的省模考了多少分？"

"647，加听力。"

我沉默了。

每个人都有属于自己的压力，都有属于自己的烦恼，如果目标是清华，考647分的痛苦，和目标是一本，分数却不到400分，是一样的。所以当你觉得一个人在你看来明明已经考得很好了，却在难过哭诉是虚伪做作，那就大错特错了。

写下这篇文章之前，有一场暌违十年的初中同学会正等着我，组织者连高中都没有顺利毕业，走的是和我们继续读书的人完全不一样的人生道路。他说聚会的费用他一个人出，谁都别抢。大概我们随机抽十个人，一年的工资加起来也不及他半年的收入。当真是知识改变命运。

考好的别骄傲，考差的也不是loser（失败者），大路朝天，各走一边，十年后再聚，说不准谁才是时代的弄潮儿。

无论你考了多少分，能不能去你想去的学校，都不用担心。你能去的地方，一定会带给你意想不到的惊喜。高考的迷人之处，不是如愿以偿，而是阴差阳错。

我还是要感谢我的大学，感谢那些一度失落消沉，只能靠写作排遣的日子，感谢那些失声痛哭的夜晚，感谢那些虽然考了高分，顺利拿到奖学金，最终却连课程名称也没记住的专业课，感谢我喜欢了四年的姑娘，感谢教我诗词创作的中文系老师曾晓鹰，感谢教我审视人生意义的心理学老师王世意，感谢花光所有运气才能遇到的每个人。

走过六月，不要说生活不够公平，也不要说命运如何残酷。多年以后，蓦然回首，你会闭目长叹，感慨万千。不为累累硕果或是种种曲折而扼腕叹息，只为了那段全心付出的岁月感动，信心不死，梦想依然走在路上。

你必须很努力，才能看起来毫不费力

青春该怎么过，校园的时光怎么过？不计后果地过。但是请注意，我说的不计后果，没有让你违法，在法律、各种限制条件内，别那么功利地计后果，为了后果而过。如果我们的大学生涯非常功利的话，你反而得不到你想要的结果。

人生 太短暂，去疯去梦去追寻

◇柴　静

上中学的时候，我们的语文课本上有道题：鲁迅先生写过"我的院子里有两棵树，一棵是枣树，另一棵还是枣树"，这句话反映了鲁迅先生的什么心情？

我有个朋友叫老罗，当年念到这儿就退学了，他说："我怎么知道鲁迅先生写第二自然段时到底是怎么想的？可是教委知道，还有个标准答案。"

我另一个朋友冯唐，找了一家黑店，那儿卖教师参考用书，黄皮儿的。那书不应该让学生有，但他能花钱买着，书中写着标准答案——"这句话代表了鲁迅先生在敌占区白色恐怖下不安的心情"。他就往卷子上一抄。

老师对全班同学说："看，只有冯唐同学一个人答对了。"

老罗和冯唐把背标准答案的时间省下来，都早早地干了自己喜欢的事。我属于第三种，没办法脱离又没勇气反抗。课堂上安分守己，一声不出，但什么也听不进去，低头在纸上乱写乱画，考试时对鲁迅先生瞎揣摩一气，卷子上打着红叉发下来。

时间长了，被动消极，每天最后一个到学校，第一个走。

那时候山西的小县城还一片僵冻，离开学校无处可去，没有公交车，没有店铺，没有大排档，没有书报亭。有一个红星电影院，但只有在学校组织看爱

国电影时才能进。这里算全城的文娱中心,几位老人坐着小马扎在电影院门口晒太阳,怀里搂着小孩儿。没有猫狗这样的宠物,小孩儿拿根绳牵着田鼠走来走去,它用后脚站着,前脚端着干馒头吃。电影院门口摆着两张开裂的台球案子,五毛钱打一个小时,有几个小混混儿,嘴角斜叼着烟,呛得眯起眼,冷风里猴着身子打球,军大衣领子尖竖着,衣角拖在地上磨得黑亮。他们追逐女生时粗糙又凶狠,毫无浪漫之感。

　　除了这些"闲人",大家都待在单位——这个形容流水线上产品的数量词,人人嵌在其中。我父母都在"文革"中辍学,受尽动荡之苦,觉得进不了单位就会变成残次品似的让人恐惧。他们希望我将来能考上大学的财务会计专业,毕业分配进铁路局。邻居们都说这工作好,不用风吹雨淋,只要算盘打得快,胳膊上一副蓝袖套,稳稳当当一辈子,还能坐火车不花钱。为了能让我这样生活,父母以他们的方式保护我——课外书是"闲书",不能看;晚饭时可以看全国统一转播的新闻节目,因为里面可能会有考试内容,在我看来,这还不如看新华字典有意思——起码有些汉字长得挺好看的。我吃饭举着工具书看,受到了表扬,我妈让我妹向我学习。

　　我对这种生活没什么情绪,因为即便给我自由,我也不知道要干什么。

高中时，我妈买了一台红灯牌收录机让我学英语。短波能收到台湾省的电台，家里没人的时候，我就守着听"亚洲之声""中广流行网"。主持人吴瑞文、谢德莎、沈琬、林贤正、李丽芬、陈乐融……我不知道这些名字我写得对不对，但隔了二十年，写下每个名字的时候，我还能听到他们的声音，他们是我的朋友。有一期节目，沈琬说一个叫黄家驹的人当天意外去世了，播放了他的歌《关心永远在》，她说："人生在世就要珍惜，因为我们不知道下一分下一秒会在哪里。"说的时候她哭了。

　　我当时不知道黄家驹是谁，她说得也没什么出奇，寻常情理，但打动了我，那之前没有成年人用这种方式对我说过话。

　　我第一次想到，原来一个职业可以是这样的。原来，传播是人做的，做的一切都是为了人。

　　半年后，我考上了铁道学院财务会计专业，干了人生里第一件主动的事——到湖南省电台去找工作。领导把我打发走了，因为要当主持人必须学过播音，由国家分配。回到学校，我用磁带录制了一期节目，名字用的是陈乐融的《另一种声音》，又去了电台，一个叫尚能的主持人听了五分钟，说："今天晚上在我节目里播。"他没去征求领导同意，就这么做了。

　　就这样，我进入了传播行业，直到现在。

我只想抱一抱小时候的我

◇朱德庸

我小时候一直很不快乐，非常非常不快乐。小时候我觉得世界不是我的，但我又跑不掉。不管我有没有能力跑、懂不懂得跑，我都会被卡在里面。

我去舅妈家，拿一个玻璃杯倒水喝，正要喝，舅妈过来，把杯子拿走："这杯子很薄，很贵！"另换一个很粗、很厚的杯子给我。那种感觉是，世界上没有一个地方、一个人欢迎我。大人对我没有一丁点儿信心。

我对外面的世界没办法、没能力，只能回到我的世界。我的世界里，一个是画画，一个是虫子。院子里，所有的虫子我都玩过，那画面我现在都记得：一个小孩儿蹲在墙角，一下子跑到这个墙角，一下子跑到那个墙角。只有在虫子面前，我最自在，因为它们对我没有威胁感，也不会不接纳我。我不用在它们面前自卑，我和虫子是平等的。

我看人，像看虫子。大学时，我请同学吃火锅，一边吃，一边放音乐，音乐慢了，他们的筷子也慢；音乐快了，筷子也快，我就很乐。但我不喜欢人，很难参与其中，人一多，我就不再是我自己。我像一只海豚，放出一个信号，又弹回来，没有回应——我和世界的交流是单向的。

小学五年级，我和一个同学去邮局，他很自信，跟我讲："你去柜台问一下，××邮票出来没。如果没有，什么时候出。"我却从兜里掏出十块钱，那时是很多的钱，我递给他："这十块钱给你，你不要叫我去问。"他看着我，眼神很奇怪，意思是，你问就好了，干吗给我钱？其实，掏钱出来，对我是一个很大的伤害，那等于说，我承认自己是一个完全无用的人。

你想，一个小孩儿，太小了，不知道怎么回事，所有事情都告诉你，你是一个很蠢很蠢的小孩儿，我很自卑。直到去年，我53岁，终于知道我是亚斯伯格症患者。那一刻起，我原谅了自己。

亚斯伯格症是遗传的，我爸爸可能也有。知道亚斯伯格症后，我和爸爸的关系清晰起来。他从没像一个父亲一样向我传授人际间的规则，也不会跟小孩儿坐下来，递给他一杯饮料。他永远安安静静。周末、放假，他没有应酬，待在家里的院子里，修所有的东西。拖鞋坏了他修，伞坏了他修，我妈妈一直骂，我们家什么新东西都不能买，因为所有坏的都被修好了。

他从没对我说过"你这个笨蛋"，也没有逼迫过我做任何事情。他离开之后我想，他是透过亚斯伯格症爱我的。

我妈妈却善于用一种使小孩儿内疚的方式教育我。我在家住了29年，日式房子的地板都是架空的，本身就像一个大鼓。大年初四早晨我跟我妈说："我明天要搬出去了。"我妈一听："什么？""咚咚咚"从客厅走到后面厨房，我听她跟我爸说："他说，他明天就要搬出去了，你赶快去劝劝他！"爸爸就走到客厅跟我说："你是真的要搬出去吗？"我说："对呀。"我爸说："好。"我就听到我妈在后面生气："我不是叫你劝他吗？"所以我住了29年的家，我只跟他们说一声就搬出去了。我结婚完全没有征求他们的任何意见。这就是患亚斯伯格症的好处。

结婚搬走后，我常常很不安。打电话没人接，我立刻坐三个多小时公交车回去看他们，其实他们是去打麻将了。我妈妈总让我活在内疚中。

我会画漫画，因为小时候受到的歧视，让我看清世界的假象。妈妈对小孩儿的爱可能是有条件的，而亲戚对待你的方式就是社会对待你的方式，非常现实。

小时候我说话结巴，别人讲一句话30秒，我讲一句话要3分钟。老实说，不管亚斯伯格症多不好，至少它取代了蠢。如果有时光机器让我回到小时候，我只想抱一抱小时候的我，我只想抱一抱他。

如果有一天我变成大人，我可能就不会画画了。

昨天晚上，我想了很久，我发觉我没有用漫画捍卫什么。其实我觉得我唯一在捍卫的是我的小时候。我小时候的状态，是真实的。

我从来不是个称职的爸爸。儿子小的时候，我一天到晚把他弄哭。我从来不让他。在我的意识里，坐下去开始玩就是两个小孩儿的战争。

有一次他哭着去找妈妈，我太太告诉他："其实你爸爸身体里住着一个比你还小的小孩儿。"他从那以后就没哭过，他说："爸爸，我让着你，因为你比我小。"我儿子到现在都常常让我。他今年22岁，已经变成大人了。我好像没有变化。

我晚上睡觉，只要躺下去就会想到飞碟。想到飞碟我就很心安，很快就睡着了，想象我在老家的床上，飘起来。全部是主观镜头，我看到屋顶越来越近，因为我往屋顶飘，我可以感觉到我一层一层穿过屋顶，先是墙，然后是夹板，然后是瓦，我就浮到空中，在我家屋顶上飘，飘得越高，视野就越广。

因为我常常去飘，有时候我两三岁，有时候我上高中，有时候我二十几岁，时间不同，那里的房子、树都不一样，我可以把时间分成好几层。

对别人来说，想象的世界可能只有他真的闲得没事干，喝了酒，发了呆，才会偶尔出来一下，真实世界占他百分之九十的人生。我刚好相反，我花百分之九十的时间把我的世界弄得丰富而有层次，然后我就待在里面，待够了才出来应付一下外面。

这个世界我是可以带着走的。我从台北到北京，带着它走。我在飞机上，眼睛一闭就可以进去。我在里面可以跟猫狗说话，可以跟已经失去的东西和失去的人重新碰面，碰到面，我们可以对话，可以一起做一些事情，一起走过一条街。

所以，外面的世界只是我肉体生存的世界而已。

你以为你在合群，其实你在浪费青春

◇李尚龙

曾经有一个宿舍，里面八个人。每当宿舍里的八个人都凑齐的时候，寝室长总会组织一个游戏，就是把八个人分成两组，每组三个人，组织大家打牌，剩下两个人就打开电脑，打起刀塔，或者拿出手机不停地刷着网页，或者躺在床上拿着PSP（一种多功能游戏机）等待着他们的轮换。

然后，一晚上就这样过去了，然后，一年就这样过去了，然后，四年就这样过去了。

八个人里面，一定会有一两个人混得还可以，但是也一定会有人混得差。混得可以的，在大学四年，活得多么假：因为他组织别人堕落，自己却坚定地向前，表里不一，活得多么难受。而混得差的，永远不知道问题出在哪里。他根本不知道，他就是跟风了，可是到底哪里出了错。

最近的课堂上，我不停地强调一点给我的学生："大学期间，你无法选择自己的室友，但是你可以选择自己的朋友。"

因为，最近我发现，寝室是堕落的开始；合群，是淘汰的起点。在好多人的字典里面：四个人，三个人经常逃课，第四个人不逃，就是不合群。四个人，三个人打着游戏，第四个人不玩儿，就是不合群。四个人，三个人不讲卫生，第四个人爱干净、勤打扫，就是不合群。

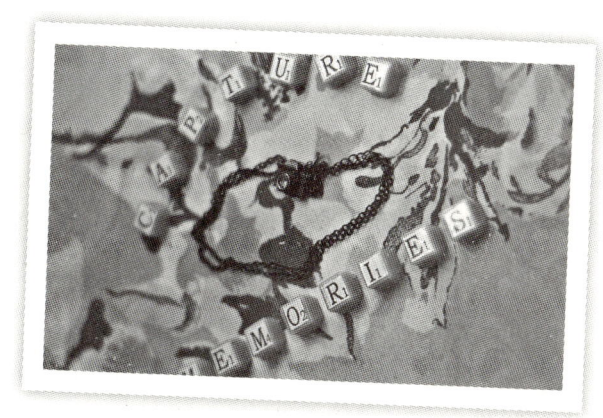

人是怕寂寞的，于是，大多数人选择合群。可是，你以为你在合群，其实你在浪费自己的青春；你以为你交了朋友，当你毕业一无是处时，谁还会把你当朋友？你以为你大学四年不孤单，当你毕业没有工作，没有稳定的生活时你会更孤单。

有人说孤单痛苦，那谁又说过，实现自己的目标，不会痛苦？

我在短暂的大学期间，目睹了太多为了合群而合污的惨剧。记得大一，总有人叫我打游戏，我也打，可是留下的，是和他们一样的空虚。

记得大二，当他们拿着手机不停下载新的游戏，我却是在角落拿着单词书背单词。

记得大三，寝室七个人集体对我发起攻击，说我不合群。更有人到处说我傲气逼人，到处说我坏话，但是我明白，与众不同，不是我错了，最后我只有申请换寝室。但是现在我明白了，几年后的今天，当一些人在烈日下暴晒时，我却在空调房写文章。

最重要的是，我已经忘记了当时说我不合群的那些人的名字。我知道，他们中有可能还有人惦记着我，盼望我早点儿死掉，但是我只想说，他们惦记着我，说明他们生活里面不能没有我；而我忘记了他们的名字，说明我的生活里面可以没有他们。

直到今天，我认识了许多人，有些是有名的大导演，有些是知名的演员，有些是牛气的创业家，有些是银行、政界的大亨，有些是当初都不会正眼看我一眼的美女，最重要的是，我交了一帮好朋友。此时此刻我才会感激，当初我没有合群，现在，我才找到了属于我自己的群体，去做我应该做的事情。

如果当初我合群，现在在我身边的又会是谁？又会是什么景象？

我一直坚信，英雄永远是孤独的，只有小喽啰才扎堆儿。"二八定律"永远适合放在地球的每一个角落：百分之二十的人，占有百分之八十的资产；百分之八十的人，为百分之二十的人服务。

尤其是男孩子，大学四年，一直合群，一直在寝室，一直不打开视野，故步自封，成为井底之蛙，这一切，总会在今后走上社会的某一时刻一次性还给自己。

而女孩子，更是需要在大学中培养出独立的人格，依靠一个男人，永远比不上依靠一个自己双手创造的未来踏实。

但是，我想说，我这里说的不合群，不是结仇，不是桀骜不驯。这里，我在大学做得不够，我检讨。至少，千万不要得罪人，因为道不同，不为谋。但是不代表连话都不讲，或者恶语相向。你可以支持他的生活模式，只是你需要拥有自己的思想。

这个世界很邪门，你永远不会相信，当年最浑蛋的那个人，十年后会是政治界最有潜力的谁；你也不会相信，当年最不合群的人，会成为百万富翁。

无论如何，那些有点儿成就的人，都不合群；就算表面合群，他们内心，也总有着自己的一片世界，他们喜欢静静地思考，并且一直向它迈进。

青春 应该不计后果地过

◇白岩松

很多年轻人跟我说,说现在的社会不良现象都是凭父亲、有关系、看相貌等。我就跟他说,凭父亲,起码还得有父亲,我八岁的时候,父亲就去世了,我母亲一个人带大我们哥俩儿。我们在内蒙古偏远的地方长大,在北京没有一个亲戚,不也走到了今天吗?

我知道社会上有很多不良的现象,我告诉你,信那些该信的东西,因为它们能改变你。因为如果你要信那些你没法不愤怒的事情,它们只能害了你。

没有一代的青春是容易的。青春如果没了奋斗,没了挣扎,没了希望,没了绝望,还叫什么青春?

说青春美好的人,全部是在回忆的时候下的定义。正在经历的人,没有几个人说过青春美好,除非你喊空洞的口号。

但是青春最美好的就是充满着所有的希望、绝望。有太阳的时候,你都觉得天昏地暗,因为心情不好;有的时候下着大雨,你只想穿着背心到大雨中狂奔,因为你很开心,这就是青春。到了中年不可以了,到了老年也许又可以了。

青春可以犯错,因为有无数的时间可以改,而我已经不可以了,40多岁的人,一定要减少犯错误,因为你改的机会不多了。

我在内蒙古的老家做演讲,坐在最后一排的同学问我:"白老师,你坐在主席台,我在最后一排,我什么时候才能到你那个位置呢?"我说:"老弟,角度不同,在我的位置上,你在第一排,你有无数条路走到这儿来,我再也找不到一条路走到你那儿去了。是我该羡慕你,还是你该羡慕我呢?"

史铁生是我非常尊敬的一位老大哥,2010年12月31日,离他的60岁生日还有几个小时,他走了。他曾经有这样一段话:"当四肢健全,可以随地奔跑的时候,抱怨周围的环境如何糟糕,突然瘫痪了,坐在了轮椅上。坐在轮椅上的时候,抱怨我怎么坐在了轮椅上,不能行动了,怀念当初可以行走、可以奔跑的日子,才知道那个时候多么阳光灿烂。

"又过了几年,坐不踏实了,长褥疮,各种各样的问题开始出现,突然开始怀念前两年可以安稳地坐在轮椅上的时光,那么不痛苦,那么风清日朗。又过了几年,患上尿毒症,开始怀念当初有褥疮,但是依然可以坐在轮椅上的时光。又过一些年,要透析了,不断地透析,一天清醒的时间越来越少,又开始怀念刚患尿毒症那会儿的时光。"

所以史铁生说生命中永远有一个"更"。为什么不去珍惜呢?大学中为了未来忧虑,失去了美好的四年,你值吗?如果我们要为未来忧虑的话,你拥有一辈子的机会，难道你会为了你的未来，一辈子忧虑吗？

爱你现在的时光。过去的已经过去了，较什么劲呢？未来的还没有来，你焦虑什么？你知道什么叫作真正的恐惧吗？真正的恐惧不是血肉横飞的画面，真正的恐惧是你调动想象力，把你自己吓着了。

最高明的恐怖片的导演，都高明于此，调动你自己的想象力吓唬你自己，人生对未来的恐惧就是如此，都是你自己的想象把自己吓着了。可是有科学家调查，你所忧虑的事情，只有10%最后变成了现实。这个数据给了我很大的启示，你付出了100%的忧虑，其中有90%是瞎耽误工夫。明天的事，交给明天。

而且生命中有一个很奇妙的逻辑，如果你真的过好了每一天，明天就会不错。如果你安安稳稳地做好大一学生应该做的事情，你的大四应该不错，可是如果你大一就开始做大四的事情，我想告诉你，你的大五会很糟糕。

青春该怎么过，校园的时光怎么过？不计后果地过。

但是请注意，我说的不计后果，没有让你违法，在法律、各种限制条件内，别那么功利地计后果，为了后果而过。如果我们的大学生涯非常功利的话，你反而得不到你想要的结果。

有人说我站着说话不腰疼，他们不知道我们那个时候有属于我们自己的悲惨。我从功利的角度告诉你，你越在乎过程，就越可能拥有一个完满的过程，你的结局越有可能不错。

零分之约

◇刘　轩

我在台湾还没有读完小学就跟着父亲举家搬迁到了美国。进入中学后，我开始叛逆；然后就变成了一个让老师头痛的孩子：调皮、厌学、爱做白日梦，每天憧憬的就是变成一名像舒马赫那样的赛车手。所以，我的成绩很糟糕，不知道从什么时候开始，变成了雷打不动的"C"，这让教过我的所有老师都无计可施。

刘墉终于忍不住找我谈话了，现在他要就我的学习成绩与我展开讨论，我的心情就开始不好了。他先是冲我意味深长地笑了笑，这个笑容在我看来很阴险。他对我说："你的老师告诉我，你现在整天梦想着当舒马赫那样的赛车手，变得不爱学习了，对吗？"

"是的。"我感觉他的话里有一些鄙视的成分，这是对一个14岁少年尊严的莫大侮辱。我有点儿挑衅地说："舒马赫是我的偶像，他像我这么大时成绩也很糟糕，还考过零分，现在不照样当了世界顶级赛车手？"

刘墉突然爽朗地笑了起来，那笑声让我觉得有点儿阴险的味道："他考了零分，当了赛车手。可是，你从来就没有考过零分啊，每次都是'C'。"说完，他的手从背后亮出来，冲我扬了扬手中那张成绩单。

他竟然笑话我没有考过零分？我真的觉得自己受到了侮辱。我咽了一口唾

沫,从喉咙里发出低沉的声音:"那么,你希望我考个零分给你看看吗?"他往椅背上一靠,摆出一个坐得很舒服的姿势,笑了:"好啊,你这个主意很不错!那就让我们打个赌吧,你要是考了零分,那么以后你的学业一切自便,我绝不干涉;可是,你一天没有考到零分,就必须服从我的管理,按照我的规定去好好学习。如何?"

我们很认真地击掌为盟,我在心里已经开始窃笑不已了,我觉得自己遇到了一个天底下最可爱也最愚蠢的父亲。

"但是,既然是'考',那就得遵守必要的考试规则:试卷必须答完,不能一字不填交白卷,也不能留着题目不答,更不能离场逃脱,如果那样的话即视为违约,好不好?"这还不简单?我的心里发出快乐的鸣叫,不假思索地答道:"没问题!"

很快便迎来了考试。发下试卷后,我快速地填好自己的名字,开始答题。反正这些该死的试题我平时就有五分之三不会,考个零分不是什么难题吧?

试卷结果出来了,是可恶的"C",而不是可爱的"0"!我灰头土脸地带着试卷回家,刘墉笑眯眯地走过来,提醒我:"咱们可是有约在先哦,如果你没有考到零分,就必须听从我的指挥和安排。"我低下头,暗骂自己不争气,竟然连个零分都考不到。同时也在心里做好了最坏的准备，他还能怎么指挥我？无非是让我好好努力，早日考到A而已嘛！

刘墉煞有介事地清了清嗓子，说出了对我的命令："现在，我拜托你早一天考到零分，或者说，你近期的学习目标是向零分冲刺！哪一天考到了零分，哪一天你就获得自由！"我差点儿以为我的耳朵坏了，或者差点儿以为刘墉的脑子坏了；这样的大好机会送到他手上，他竟然将我轻轻放过，并且无限制地给我补救的机会？考零分和考A，我觉得还是前者更容易一些。于是，我看到了一丝曙光。

一年后，我成功地考到了第一个零分！也就是说，试卷上所有的题目我都会做，每一题我都能判断出哪个答案正确，哪个答案错误。刘墉那天很高兴，亲自下厨做了一桌子菜，端起酒杯大声宣布："刘轩，祝贺你，终于考到了零分！"他冲我眨眨眼，加了一句话："有能力考到A的学生，才有本事考出零分。这个道理你现在应该已经知道了，不过我早就计划好了，你被我耍了，哈哈哈……"

后来，我考上了哈佛，读完硕士，正在读博士；译了书写了书，拿了音乐奖，获得了表演奖；似乎在18岁以后，我就再也不想去做舒马赫第二了。我觉得我完全可以做刘轩第一。

做挫折打不倒的"小强"

◇李若晨

　　蟑螂这种惹人厌的小动物被人类赋予了另一个霸气的名字——小强，是因为它们打不死、灭不完的极其顽强的生命力。在漫漫学途中，谁也不可能一帆风顺，无论是一天24小时全部精力都放在学习上的"学霸"，还是轻松自如应对学业的"大神"，都不能保证只进不退、不遇到任何挫折。因此，挫折是我们在学习生活中必须面对、无法逃避的难题。我们要用智慧和勇气，放平心态、正确看待，做一只打不倒的"小强"。

　　曾经，我的学习成绩总是非常不稳定，大幅度的进步或者退步都稀松平常，两次考试间有时可以相差100多个名次。每次考试之前，我都希望自己能考个值得骄傲的好成绩，而每次考试失利后，对自己期望值的落空都令我苦恼不已。

　　在高三的一次重要模拟考试之中，我栽了个大跟头：五门功课几乎都没考好，原本占优势的英语、语文成绩平平，不足以为我提分，不擅长的数学没什么起色，严重地拖着总分的后腿，文综三科的多处低级失误更是给我原本就跌至低谷的成绩来了个雪上加霜。出成绩的那一整天，我像霜打的茄子一般无精打采地耷拉着脑袋，甚至极力躲避着老师和同学们的目光，内心满是沮丧，对自己失望极了。回到家里，饭也没吃便一个人躲到房间里掉眼泪。

这时，善解人意的妈妈没有追问我的成绩，没有劈头盖脸一顿臭骂，也没有用"别哭啦，没什么的"之类空洞的安慰语否定我的情绪，而是过来和我聊天。

"考试没考好？"妈妈轻声问。

"嗯。"我回答得有气无力。

"哪门没考好？"

"都没考好……"我有些不耐烦了，很怕她絮絮叨叨地问下去。

"不就一次考试没考好吗？没什么大不了的，这不能说明你学得不好，对吧？"

"这不能说明我学得不好又能说明什么？现在高考要的就是成绩，学得好但是没有高分数，一样没用！"我有些气急败坏。

"那你觉得，这次没考好，是学得不好，还是考得不好？"妈妈没有和我怄嘴，接着问。

"都有点儿问题吧，主要是考得不好，学习也有些漏洞。"我若有所思，心情平静了不少。

"那现在要紧的事情就是提高成绩对不对？那咱要是及时把那些没考好的地方记住、那些没学好的漏洞补上，成绩是不是就能上去了？"

"是啊……可是，虽然说起来简单，弄起来真的很困难啊，好多乱七八糟的问题，不知道该从哪儿开始，想想都头疼……"我依然没有从负面情绪中走出来，一想一张张惨不忍睹的试卷，真的有些头晕目眩，连拿起来翻翻的勇气都没了。

"仔细想想，真的有那么复杂吗？现在开始一点儿一点儿做，可以做完吗？"妈妈依然很耐心地劝说着。

"好像也没那么复杂……可以吧，今天晚上弄一部分，明天整理剩下的，应该可以完成。"我边想边说，慢慢冷静下来，渐渐努力脱离围困了我一天的失望、难过、慌乱之感，开始动脑子思考解决问题的办法。仔细想想，好像卷子上的问题要是归归类，也就那么有限的几种，落下的知识点总结一下也不是

多得骇人，而只要我做好这两项工作，找出这次考试的问题并在下次考试中尽力避免，翻盘应该是不难的！思路慢慢清晰，我不再感到失落、颓唐、无助，而是有一种强烈的开始学习的冲动：我现在就要开始整理分析这次考试的问题，一秒钟也不想耽误了，相信我下次一定会比这次进步很多！

就这样，我扒拉了几口晚饭，便快速地进入了"一级战斗状态"，掏出卷子，安排好今天要分析的英语卷子、语文卷子和前一半的数学卷子，明天分析余下的数学卷子和文综三科，然后踏踏实实并且干劲十足地开始了奋斗。那天晚上，我效率极高地奋战到夜深人静，错题本和难题本上都增加了几页新的内容。完成当天的任务后，我从书本堆里抬起头来，内心感到舒坦，因为对此时的我而言，这场考试失利已经由一次单纯的打击变为一个锻炼我的心理素质、反思上一阶段的学习的好机会，我已经将这次挫折化为一笔财富，收入囊中，在下一次考试中便可以为我所用。

有了这次的战斗经历，我和挫折博弈的技能越来越高了，往往能通过总结分析从挫折中尽量多地吸取经验、增长能力。学会了如何对待挫折，我的成绩一点点地上升，并且慢慢稳定了下来。

虽然考试失利是我们学习之中难以避免的，但那种一切努力付之东流的失望感，真的很有一股将我们无情地"拍死在沙滩上"的力量。如果处理不好，很有可能导致我们自暴自弃、颓废、精神萎靡，这不仅非常损耗精气神，也会浪费宝贵的时间，而在紧张的备考阶段，时间是最为宝贵、浪费不起的，真可谓"赔了夫人又折兵"。

那么面对挫折，怎样才能更快地恢复过来，重新开始呢？

我曾在一篇名为*What is Your Recovery Rate*（《你的恢复速率是多少》）的英文文章中读到了这样的观点：我们可以任由自己全身心地沉浸其中，充分感受它一分钟，接着下定摆脱它的决心，然后通过做运动、找人倾诉甚至大哭一场等各种各样的方式，将情绪及时宣泄出来，从而尽量快速地摆脱悲观情绪。读来很受用。

在分析考试失利的原因时，我常常本着不放过一道错题、一个知识点的严谨态度，认真分析自己在哪些该得分的地方因为什么原因而丢了分。接着，我会仔细看自己卷子上的错题分布，总结出每一个科目的"涨分点"，即卷面上的哪些问题是我可以解决的，在下一个阶段的学习中着重练习、各个击破。最后也是最重要的，是胃口要小一点儿，不能一口吃成个胖子。只要相信，每一次考试都会比上次有所进步，一次一小步，积累起来就是惊人的一大步。

不仅仅在学习中会碰到挫折，生活中的挫折也会时不时跳出来扰乱心绪。然而，无论什么样的挫折其实都不可怕，它们只是我们成长之路上随处可见的小石子，关键在于我们对待这小石子的态度：如果将它们视为绊脚石，一味自怨自艾，沉浸在负面情绪中无法自拔，就难免半途而废；如果将它们看作可用的石材，理智面对、充分利用，挫折就可以堆成阶梯，在攀登的路上助我们一臂之力。

"高考党"的人生独白

◇夏茗悠

分班前后学校频繁地举行"高考动员大会",每天下午课间都会有不识相的女声在广播里拔高音号召全年级的学生在礼堂集合。

在某个无聊、多余、与往常无异的高考动员大会上,校长的一句题外话意外飘进了你的耳郭。

——毕业生中最优秀的那个班,高三时教室后面的黑板报上写的是"为了母亲的微笑"这几个字。

于是几天后,帮宣传委员出板报的你受了点儿启发。然而,完成后回望一眼亲手写下的"少年壮志不言愁",乍看起来更显豪气,仔细斟酌却感到远不如"为了母亲的微笑"有分量。

当时的你,想不通为什么。

你同样想不通的还有:为什么你以每两天一本教辅书的速度拼命做练习,到右手抽筋、内心麻木的地步,换来的却还是一次比一次不如意的考试成绩?

考得最差的那次,你开始思考:我能不能别再这么可悲了?

你可以学那些吊车尾的个性男生,成天逃课混迹于网吧,不等父母从打击中回过神就打点行囊偷逃去外地,写书或者画画,只做自己喜欢的事,等零用钱不足以维持生计时再打电话回家求救。即使恨铁不成钢,爸爸妈妈也会立

刻汇钱给你,那是一定的。

这样,你就能真的活得落拓不羁,又自由又洒脱,成为学校里的传奇人物,连你那总考第一的好朋友也会羡慕你。

可不知为什么,畅想进行到此处,你却忆起一件小事。

小学时,每天放学后要坐十一站路的有轨电车回家。

而那天早晨出门时,妈妈特地告诉你出差已久的爸爸今天回家。为此你在放学前就利用课间做完了所有家庭作业,下课铃声一响就飞奔出教室。但到了车站被告知"今天停电,电车不运行了"。

你掏出口袋里所有的零用钱,只有四块几毛钱,不够打车。事后大人告诉你,在这种情况下也可以打车让司机师傅先送你到家,再叫爸爸妈妈送钱下去接你或者你自己上楼拿。

十一站路,你步行回家。一路上不断被三轮车师傅拒绝。背着的书包也觉得越来越重。摔跤时手掌根部擦破了皮,奇怪的是你已经什么都感觉不到。

回到家爸爸看见你眼眶立刻就红了,逐渐哽咽。

忘了当时的你是过了十八岁生日还是没过十八岁生日,总之是差不多的光景。你在一瞬间突然明白了为什么同一首歌里"少年壮志不言愁"比"为了母亲的微笑"逊色不少。

何止"不言愁",是根本连愁都无法感知了。

十八岁的你抽抽鼻子,深呼吸,撑着地面站起来,没有像作家余华写的那样出门远行,而是和小时候一样,坚定地望了望家的方向。

几个月后,从最后一门考试的考场中走出来时,你迎上父母无限期待的目光,像被烈烈的夏日阳光晃了眼,在相似的马路边冷静地、缓慢地说"北大有了",一家人紧紧相拥。

被学弟学妹们问到高考经验时,你脑海里空空如也,什么也说不出,只记得当时像……中了邪、发了疯、着了魔一样。过了半天,你才木讷地讪笑道:"就是不管失败多少次都只管加油吧。"

许多年后这也变成了小事一桩。

当你在许多年后回想起十八岁时坐在马路边没出息地哭鼻子、企图离家出走的那件小事,最后那小姑娘倔强认真地回望家的方向时的模样依然清晰,她永远站在记忆里,告诉十几年后的你——

你手里紧攥着不止一人份的爱与期待,肩上担负着不止一人份的梦想与愿望。所以,即使天资平庸也要永不放弃,总有人值得你为了他们,变坚强。

所谓男神，不过是《进化论》

◇卢思浩

汤圆来墨尔本是为了她喜欢的人。这事得从她的高中时代说起。汤圆从高中起就疯狂迷恋NBA，在我们都没那么关注NBA的时候，她每年的总决赛都会看。今年的总决赛是勇士对骑士，骑士上一次进总决赛还是2007年，而她的暗恋也是从2007年开始的。

那年的科比如日中天，那年的詹姆斯第一次进总决赛，那年的汤圆刚刚知道这两个人，其他的一概不知。那年学校组织篮球赛，篮球赛总是惹人注目，但汤圆一直对这些没兴趣。决赛那天几乎全校都拥向篮球场，汤圆也被闺密拉到了篮球场，一眼看到了挥汗如雨的男神。

男神是校队主力，最终他们学校以五分惜败，而汤圆从此记住了男神的名字。有时当你注意到一个人时，你会发现整个世界都是他。学校的小卖部、食堂、早操、晚上放学，你都可以一眼看到他。汤圆也说不上自己是什么时候经过男神所在的教室时会多看一眼，当她反应过来时，她的脑海里只有他了。为此她也想方设法地打听男神的消息，开始看起了NBA。

后来文理科分班，汤圆擅长的是理科，跟男神分在了一个班。那时理科班的女生很少，看篮球的女生更少，汤圆一下子成了班里的焦点。男神也留意到了她，有时也会一起讨论篮球，两个人变成了好朋友。

男神成绩也很好，班里排名永远在前十。而汤圆除了篮球，再也找不到跟男神的共同点。她一直没有表白，本以为拖得久了也就不那么喜欢了，可越接触越是喜欢，越压抑越是压抑不住。

高考完男神出乎意料地考砸了，汤圆花了夏天的一半时间跟男神在一起。有时男神会去打球，她就坐在篮球场边看，对她来说能看着男神打球，给他买瓶水就是幸福。两个人毫无意外地传出了绯闻，有天男神的好朋友问起这件事，汤圆假装不在意却一直偷偷地观察男神的反应，男神微笑着摇头否认，说："这是谁说的？她是我特别好的朋友。"汤圆先是一阵失落，可又觉得自己没什么好失落的，她本来也就不期望真的能跟男神在一起。

男神在复读和出国之间纠结了整个夏天，在夏天就要结束的时候告诉汤圆说自己要出国，去墨尔本。汤圆点点头，什么都没说。大一汤圆去了上海，开始迎接自己的新生活。

2010年詹姆斯宣布加入热火，整个球迷圈都炸了锅。她第一时间收到了男神的信息，男神问她知不知道这个消息，汤圆说她看到了。男神说："NBA要变天了。"汤圆想，那天看了那场球赛，我的世界就已经变天了。

那时梁静茹的歌是女生们去KTV的必点曲目，大家都喜欢《勇气》《丝路》或者点首《分手快乐》恶意搞怪。汤圆最喜欢的歌偏偏是那首《燕尾蝶》，歌里唱，"你笑你哭你的动作，都是我的圣经，珍惜地背诵"。她不知道这首歌到底唱的是什么，但她唱这首歌的时候脑袋里都是男神。

大学四年她一直跟男神保持联系，每年夏天他俩也总会聚会。男神跟她说自己在国外生病的经历，她第二天就偷偷去买药，可来来回回这么多假期，她一次都没能把药送给他。只是每次男神要走的前夜，她都会发短信提醒男神买点儿药带过去，不要生病死撑着不吃药。

后来微信和微博开始普及，两个人的交流变得更频繁。墨尔本跟中国有时差，她就定上闹钟早起，想跟男神说早安，又怕自己表现得太明显，就每隔几天给男神发"早安"。男神给她发信息时，她也故意晚一些才回，怕自己的秒回太明显，怕自己的热情收不住，所以干脆假装不在意。

可她怎么可能不在意？大三那年她就决心去墨尔本看看，她想知道墨尔本到底是一座什么样的城市，她想看看男神走过的路，于是她义无反顾地开始学雅思，给自己一年多为各种考试做准备。几乎是同一时间，男神告诉她自己有了女朋友。

我不知道当时汤圆是什么样的心情，但这件事没有给她的计划带来影响，她还是决定考研。因为准备得很早，她的申请很顺利，大学毕业没多久就等来了期待中的offer（录取通知）。可男神也在这个夏天决定回国，准备和他的女友结婚。

汤圆那天破天荒地给男神分享了一首歌，《燕尾蝶》。男神打趣她，说："这首歌太难懂了，你还是给我分享一首简单的歌好了。"汤圆说："我就是觉得这首歌很好听，想分享给你。"

梁静茹还有另外一首歌红遍大街小巷，叫《可惜不是你》。那阵子汤圆一直循环着听这两首歌。

汤圆一直单身，追她的人不是没有，可她通通拒绝。也有人问她这样默默陪着一个人是不是值得，汤圆说她想得很清楚，她觉得这样值得。我知道这个故事时，我也这么问她，我说："你觉得哪里值得了？"

汤圆说："有时我也怨，为什么他喜欢别人不喜欢我，为什么我连喜欢都说不出口。但我怨的更多是自己，他告诉我有女朋友时我整夜整夜睡不着，每天夜里都会做梦。我在自己的脑海里跟他过完一生，现实中却风马牛不相及。

"可我后来还是决定来看看，我想知道这里的生活是什么样子。所以我想通了，有些想法是因为他萌生的，可做决定的还是自己。我想靠他更近一点儿，所以我努力学习；我想和他有共同语言，所以我喜欢上篮球；我想走他走过的路，所以我来了这里。如果不是他，我一辈子都不会做这些事情。你们说的我怎么可能不懂？只是我觉得这几年虽说是为了他做了这些事情，但我也喜欢上了我现在的生活。让我再选一次，我还是会这么选。"

我们说要向前走，想发亮让喜欢的人看到，于是我们一路往前走。等到能并肩，才发现你再怎么发亮，你喜欢的人也看不到你。索性洒脱，假装擦肩而过，虽然他不知道这擦肩而过是你一路飞奔的结果。有时就是这样，你也不得不承认，有些人注定和你擦肩而过，而你却因为他发现了自己新的可能性，也算好结果。

男神年初结婚，汤圆没赶回去。我担心她的情绪，就叫上几个朋友一起吃饭。她一眼看穿我的神情，说没事儿，现在这样反而轻松。

那天她说起那些年她给男神买的药，一直藏在自己的抽屉里，有些过了保质期已经不能再用；那些年他们也去看过几场电影，每张票根她都收着；那些她觉得有意义的聊天记录，她都存着；那些想说的话从来没有说出口，早就变成了秘密。

总有那么一段时间，有个人是你的秘密，却不是你能分享秘密的人；而你能分享秘密的人，又不是那个可以安慰你的人。希望那个你可以分享秘密的人，就是可以安慰你的人。

青春 标配"男闺密"

◇籽　月

下午的时候我正躺在床上看电视，爸爸走进来说他同事的小孩儿来了，小朋友特别喜欢我写的小说，上门来找我要签名。我穿着睡衣邋里邋遢地走到客厅，却意外地看见了一个十五六岁的少年，看着有点儿像一个网上特别红的帅哥。

我愣了愣，往常上门要签名的基本都是女孩，即使我的签售会上也少见那么帅的少年。

我有些尴尬地理了理头发，走过去接过他递给我的书，特别客气地问："想签什么呀？"

他看了我爸一眼，小声在我耳边说："你就写，王璐瑶同学，你再不好好学习，每天看小说追星，考不上好大学的话，别怪我鄙视你！"

我眨了眨眼睛，想想我的字，有些为难地问："这么长？我能写'少壮不努力，老大徒伤悲'吗？"

"不行，你转文她看不懂。"小帅哥不依不饶地要我写下很长的一句话。

我认命地低头写下这句话，一边写还一边小声打趣道："王璐瑶是谁？你女朋友？"

"怎么可能？她长成那样，学习也不好，我才看不上她呢！"小帅哥连忙

否认,别扭的样子真是可爱!

我笑着把签完名的书递给他,他接过来一看,嘀咕道:"字这么丑,怪不得是那个傻瓜的偶像!粉都不知道粉聪明点儿的人,真是笨蛋。"

"喂喂……嫌丑还给我啊。"我伸手去抢书。

"不行,我答应帮她要签名了。姐姐好好练练字吧。"他虽然一脸不屑,却喜滋滋地捧着书走了。

我回到房间,正好从房间的窗户看到我家楼下,一个少女正等在那里,看到小帅哥出来,连忙迎了过去,小帅哥甩甩手上的书,神气地递到她面前,少女一脸喜笑颜开地打开书,看到书里的签名后,又生气地嘟起嘴,举着书追打着少年。

两个人渐渐跑远,消失在我家楼下。

我微笑地看着他们,忍不住感叹一声,年轻真好啊。

记得我小时候,也有一个像这样心口不一的朋友,他是我妈妈嘴里别人家的小孩儿,打小就成绩出色,样样皆能,向来是我这种学习不好的人的死敌。他看不起我,我也很讨厌他。直到高一分班,我们成了同桌。

那时候,我忙着喜欢隔壁班一个男生,不好好学习。老师在讲台上讲课的时候，我不是在课桌底下悄悄折幸运星，就是悄悄看小说，被顾同学高冷地批评过很多次。

我们互相瞧不上对方，甚至互相拆台。英语老师让我们用dream（梦想）造句的时候，我说我想成为一名作家，他在底下的嗤笑声我到今天都记得。

总之，怨怼很深，无法缓解。

后来，我积累了满满一罐幸运星，送给喜欢的那个男生。

对方看不上我，我一生气，把那些星星都扔了。

后来，居然是他帮我把星星捡回来了，他说："你花了那么多上课时间折的，干吗扔了？没学到东西好歹留几颗星星啊，笨蛋。"

"拒绝你也好，你终于有时间听讲了，再不学习你就死定了，你还想不想当作家啦？"他安慰的话虽然很生硬，又很奇怪，却务实得让那时的我忍俊不禁。

他的话狠狠鞭策了我，令我在高中剩下的时间里认真读书，后来居然考上了大学，念了喜欢的专业，甚至写了人生中的第一本能出版的书。

我在想，是不是每个女孩的生命里，都会遇到这样一个男生？虽然嘴巴很坏，好像也不是很喜欢你，更不会关心你，却会在你最晦暗困难的时光里出现，给你希望。

我曾经拥有这样的幸运，所以才会感恩，想把希望给更多的人。

难题不过夜

◇卢十四

我爸是一位高中老师，教了一辈子数学，技术全面，业务过硬。其中给我印象最深刻的一点就是：他的解题能力超强。

所谓解题能力超强，并不意味着他永远能够手到擒来，迎刃而解。中国的中学生应该都知道有些偏题怪题是多么令人匪夷所思。即便我爸这样以做题为业，见多识广的人，也还是时不时遇到一些花样翻新的疑难杂症。

从小我就习惯了这样的场景：我爸一手拿着烟，一手拿着笔，写写画画，冥思苦想，经常一坐就是一晚上。

再后来，我上了中学，经常遇到难题向我爸求助。于是就变成我们俩头碰头，一起写写画画，冥思苦想。

我的耐性大概不会超过半个小时。半个小时都做不出一道题，我就觉得束手无策，意兴阑珊，再不放弃更待何时？我爸却愈战愈勇，全神贯注，烟点在手上半天不抽一口，烟灰烧得老长一截。我不好意思让他看出我的不耐烦，只能强打精神，装出还在思考的样子。

思考固然很累，假装思考其实也很累。我发呆、走神、开小差……唉声叹气，呵欠连天。我爸一看时间不早了，对我说："你先去睡。这道题我再想想，明天早上告诉你答案。"

你必须很努力，才能看起来毫不费力

我等的就是这句话。身为一名成绩平平的中学生，我对数学没什么特殊的兴趣，对这道题的答案也并不好奇，巴不得早点儿从解题的煎熬中解脱出来。不就是一道题吗？解不出来又怎样呢？

第二天我一起床，我爸一定会把我叫过去："这道题我已经做出来了。"我一看解题过程，太巧妙了！真是做梦都想不到啊！我爸真厉害，不愧是数学老师！虽然我对解题没兴趣，但看到它真的被解出来，还是很兴奋。

一次如此，两次如此，次次如此。他对上门求教的邻居家孩子说："你先回家，我明天早上告诉你。"他对打电话求助的学生说："这道题我记下了，明天早上告诉你答案。"……到了第二天早上，他一定会告诉他们答案。

后来我在学校里遇到难题，几个同学都做不出来，我也会和同学们说："我带回去问问我爸，明天早上告诉你们答案。"

然后不忘替我爸吹嘘一句："这么难的题也只有我爸能做出来了。我爸，难题不过夜！"

幸好我爸不知道我在外面替他吹这么大牛，否则多半会像曹操骂孙权一样骂我："是儿欲使吾居炉火上耶！"但事实上，我替他吹的牛从来没吹破过：难题到了我爸面前，真的没有一道能过夜。

我爸在解题方面确有天赋。他年轻的时候，当数学老师没多久，有一次见到办公室黑板上抄着某次数学竞赛的全套题目，大概是准备组织数学老师们一起研究。他那时年轻气盛，好出风头，当即拿起粉笔，把那套题全部做了出来。这件事我爸只对我说过一次，但我每次想起来都觉得热血沸腾。我想象他解题时的气势是这样的："云长提难题之头，掷于地上，其酒尚温。"我想象他做完整套题，留下的落款是这样的："解题者，打虎武松也！"

但如果你以为我爸做到"难题不过夜"全靠天赋，那就错了。在这几十年里，我爸每天晚上都要做题。他常年订阅《数学通讯》《中学数学》这样的行业期刊，一期不落地研读。他曾经利用业余时间，全凭一己之力，编写过一整套中学数学题库，卡片如山，稿纸盈尺。

对一位数学老师来说，"挂黑板"是非常丢人的。且不说一些水平不怎么样的老师经常挂黑板，即便一些优秀的数学老师，常在河边走，也难免会湿鞋。有一次我们聊天时，提起某位很不错的年轻老师最近挂了一次黑板，我爸感慨说："他们这些年轻人，功夫还不到家。下班回家就看看电视、打打麻将，怎么能行呢？他们做过几道题？"

而我爸，自我有记忆起就没听说他挂过黑板。你看到的是他在讲台上挥洒自如，你看不到的是他几十年来做遍天下题。

早在中学时代，我就意识到，我完全没有继承我爸的这种天赋和精神，毫无希望子承父业。如今我成了一名业余码字工，野生撰稿人，经常熬夜写文章。在这个行当里，每天上演着编辑催稿和作者拖稿的游戏。作者们拖起稿来，理由千奇百怪。因为大家都是这样拖，拖起稿来就更加心安理得。

本来我也拖过几次稿，但心里总是觉得不好意思。终于有天晚上，一位编辑千叮咛万嘱咐，让我一定要按时交稿。当时我在火车上，连电脑都没带，怎么写稿啊？但不知怎么的，我被她恳切的语气激发了豪情。我对她说：

"你先去睡。明天早上一起床，你就会看到我的稿子躺在你的邮箱里。"

硬卧车厢里已经熄了灯，旅客们都已入睡。我躺在上铺，抱着手机码字。好几次困得眼皮打架，手机掉下来砸脸把自己砸醒。硬是这样写了两千多字，才沉沉睡去。

早上7点，火车到站。我一下火车，马上找了一家网吧，把那两千多字导进电脑里，又修改润色了一番，发出邮件。

那一刻我感到一种前所未有的快乐。在时间紧迫，环境不便，自己也并没有写作状态的情况下，我还是兑现了诺言，不枉对编辑说了那么豪迈的一句话……突然，我意识到一个问题：我那句话的语气，不正和我爸当年对我说的话一模一样吗？

"你先去睡。明天早上一起床，你就会看到我的稿子躺在你的邮箱里。"

"你先去睡。我明天早上告诉你答案。"

我一下子明白了自己说这句话的理由，明白了那股豪情的来源。虽然我不擅长解数学题，但毕竟还是继承了我爸的热血啊！

以前我只是觉得我爸"难题不过夜"很厉害、很神奇，却没有想过，当我呼呼大睡的时候，他是以一种怎样的态度，独自面对一道看上去无从下手的难题。为什么一定要把这道题解出来？为什么解不出来就不睡觉？如果题目实在太难，不睡觉也解不出来怎么办？

当我躺在硬卧上铺拿手机码字的时候，我面临了类似的问题：为什么一定要把这篇稿写出来？为什么写不出来就不睡觉？如果实在没有灵感，不睡觉也写不出来怎么办？

而答案很简单：我爸是数学老师，他答应了明天早上给我答案。我是码字工，我答应了编辑明早交稿。小李飞刀，例无虚发，不要问他万一虚发了怎么办。但使龙城飞将在，不教胡马度阴山，也不要问他万一胡马度了阴山怎么办。

我觉得，和解数学题相比，写稿是一种低级得多的智力活动。我爸能做到难题不过夜，我难道还不能写稿不过夜吗？从那以后，我开始对自己高标准严要求，决心做一个永不拖稿的码字工。古希腊英雄出场时总会自报家门："我，阿喀琉斯，英雄珀琉斯之子。"我现在每当写稿之时，也会在心里对自己说："我，卢十四，数学老师卢声孚之子。"

这样光荣的传统不是没有遇到过危机。记得有一次，我爸一大早就告诉我："昨晚那道题做不出来。"我愣住了，那一刻我的信仰走到了坍塌的边缘。

好在我爸接下来这句话又让我把心放回了肚子里。他说："我证明了这道题本身就是错的。"

"学霸"的爱情高分法典

◇六 恩

大宁是我们年级绩点最高的女生，10个班、600多人的法学院，大学四年她站在最前方，是当仁不让的"学霸"。

大四那年，大家准备考研，那时我只剩三个月不到的复习时间，雄心壮志誓要考取北京某学府；而大宁则说，她既不考省内最好的学校，更不准备考其他省外高校，而是选了退而求其次的一所大学。我心里偷想，虽然她功课好，但还是太缺乏胆量了。

那年圣诞节，大宁收到一盒精美的巧克力，泄露了学霸的"春天"，我兴奋地追问："谁谁谁？"后来才知，大宁的男友是本校的研究生师兄，已经毕业，是S城的公务员。几乎没人知道大宁还有这么个"秘密"，她这才说起为什么报考那所大学，一来因为男友在省内，她不想跑太远；二来自己是必须读研究生的，要确保万无一失地考上。

我也开始明白，大宁知道自己最想要什么。后来大宁考了四百多分，稳当当成了她所在专业的第一名，也许还是全学院第一。而我最终以四分之差与北京某学府失之交臂，只好工作。

考完研后，她脸色很差，痘痘暴出，现在考完了，那位师兄迫切要来看她："怎么办？满脸痘痘好难看。"我很不解："那有什么，让他来呗。"后来大宁还是和师兄说，让他过几天再来，自己脸色不好，需要休息一下。

几个月后再见大宁，我已是脸色憔悴黑头尽出，而大宁皮肤光洁，一个毛孔都看不到。

自从知道了大宁的爱情秘密，她也就开始饶有兴致和我分享一些甜蜜的事。

每当师兄给她发来温馨短信，她都会用本子工整地抄下来；把和男友相处的点点滴滴用四格漫画画下来，画得非常好不说，光是里面呈现的回忆，就像哆啦A梦的穿梭门一样，满满的都是幸福，师兄当然也很受用。

谈起她的爱情，大宁问我："你觉得两个人在一起，谁开心比较重要？"望着城墙，大宁接着说："大多数的感情都是平淡的，男人对事业、运动、球赛的热爱，分分钟强过对伴侣的关怀，他们并不一定那么懂得爱你和呵护你；但女人不同，女人懂得细致贴心地去关爱对方，也会因为感受不到对方付出和自己一样的热度而不开心。但实际上，在家庭中，太太的开心是最重要的，因为真正的开心是有感染力的，你的开心能为他带来自信、开心、幸福，可以促进他更好地对待你，进而提高整个家庭的幸福感。大多数女人都是自寻烦恼，却不知道幸福的婚姻家庭生活，其实本来就掌握在自己手里。"

不知大宁从哪儿获得这些真知灼见，但从她身上，我确实借鉴了一些"爱情技巧"。

虽然四格漫画我不会画，但我可以画些简单的图画。在男友生日前一个月，我开始每天为他写几行诗，将一些过往回忆记下，画些可爱的图案。回忆着快乐时光，自己的心情也变得柔软。不发脾气、不闹别扭，温柔说话的女朋友，也让他受宠若惊。收到本子，他也跟着我的记忆倒带旅行了一遍，我们都很开心。

后来我想，对于女性而言，恋爱、婚姻都是一门门高深课程，我们学法律、会计、新闻……但没怎么学过爱情课、婚姻课。缺乏系统、专业培训的我们，摸着石头过河，靠着情商、智商和几分运气，想取得最后的"真经"，经历的何止"九九八十一难"。

幸福都是双胞胎，不幸也是大同小异。如果多一点儿"学霸"的爱情高分法典，是不是可以争取复制出更多的幸福呢？

这世间唯一的软肋和盔甲

　　每次我低落了、难过了，只要想到父母就充满动力，想着自己厉害的速度一定要超过他们老去的速度。或许我们在为了感情挣扎、为了梦想拼搏，或许父母某种程度上是我们甜蜜的负担。但是想到他们，就觉得挫折和困难其实没什么大不了的。天塌下来，你们就是我寂寞天地中的大英雄。天暗下来，你们就是光。

目送

◇龙应台

  华安上小学第一天,我和他手牵着手,穿过好几条街,到维多利亚小学。九月初,家家户户院子里的苹果树和梨树都缀满了拳头大小的果子,枝丫因为负重而沉沉下垂,越出了树篱,钩到过路行人的头发。

  很多很多的孩子,在操场上等候上课的第一声铃响。小小的手,圈在爸爸的、妈妈的手心里,怯怯的眼神,打量着周遭。他们是幼儿园的毕业生,但是他们还不知道一个定律:一件事情的毕业,永远是另一件事情的开启。

  铃声一响,顿时人影错杂,奔往不同方向,但是在那么多穿梭纷乱的人群里,我无比清楚地看着自己孩子的背影。就好像在一百个婴儿同时哭声大作时,你仍旧能够准确听出自己孩子的声音。华安背着一个五颜六色的书包往前走,但是他不断地回头;好像穿越一条无边无际的时空长河,他的视线和我凝望的眼光隔空交会。

  我看着他瘦小的背影消失在门里。

  十六岁,他到美国做交换生一年。我送他到机场。告别时,照例拥抱,我的头只能贴到他的胸口,好像抱住了长颈鹿的脚。他很明显地在勉强忍受母亲的深情。

  他在长长的行列里,等候护照检验;我就站在外面,用眼睛跟着他的背影一寸一寸往前挪。终于轮到他,他在海关窗口停留片刻,然后拿回护照,闪入一扇门,倏忽不见。

我一直在等候,等候他消失前的回头一瞥。但是他没有,一次都没有。

现在他二十一岁,上的大学正好是我教课的大学。但即使同路,他也不愿搭我的车。即使同车,他戴上耳机,只有一个人能听的音乐,是一扇紧闭的门。有时他在对街等候公交车,我从高楼的窗口往下看:一个高高瘦瘦的青年,眼睛望向灰色的海;我只能想象,他的内在世界和我的一样波涛深邃,但是,我进不去。一会儿公交车来了,挡住了他的身影。车子开走,一条空荡荡的街,只立着一只邮筒。

我慢慢地、慢慢地意识到,我的落寞,仿佛和另一个背影有关。

博士学位读完之后,我回台湾教书。到大学报到第一天,父亲用他那辆运送饲料的廉价小货车长途送我。到了我才发觉,他没开到大学正门口,而是停在侧门的窄巷边。卸下行李之后,他爬回车内,准备回去,明明启动了引擎,却又摇下车窗,伸出头来说:"女儿,爸爸觉得很对不起你,这种车子实在不是送大学教授的车子。"

我看着他的小货车小心地倒车,然后"噗噗"驶出巷口,留下一团黑烟。直到车子转弯看不见了,我还站在那里,一口皮箱旁。

每个礼拜到医院去看他,是十几年后的时光了。推着他坐的轮椅散步,他的头低垂到胸口。有一次,发现排泄物淋满了他的裤腿,我蹲下来用自己的手帕帮他擦拭,裙子也沾上了粪便,但是我必须就这样赶回台北上班。护士接过他的轮椅,我拎起皮包,看着轮椅的背影,在自动玻璃门前稍停,然后没入门后。

我总是在暮色沉沉中奔向机场。

火葬场的炉门前,棺木是一只巨大而沉重的抽屉,缓缓往前滑行。没想到可以站得那么近,距离炉门也不过五米。雨丝被风吹斜,飘进长廊内。我掠开被雨淋湿了的前额的头发,深深、深深地凝望,希望记得这最后一次目送。

我慢慢地、慢慢地了解到,所谓父女母子一场,只不过意味着,你和他的缘分就是今生今世不断地目送他的背影渐行渐远。你站立在小路的这一端,看着他逐渐消失在小路转弯的地方,而且,他用背影默默告诉你:不必追。

这世间唯一的软肋和盔甲

写给父亲的信

◇莫 言

　　自从家里安装了电话，再也没给您写过信。

　　北京的大葱不好吃。北京的什么食物都不好吃。北京的大蒜也不够辣。2003年闹"非典"，山东一例也没有，我坚信这是吃大蒜的结果。昨天高密的王大炮来了，扛来了半麻袋大蒜，紫皮，独头，辣得很过瘾。他说前几天去看过您，说您身体很好，我们很高兴。中午我们包饺子给他吃，白菜猪肉馅一种，胡萝卜羊肉馅一种，都很饱满，煮出来白胖，小猪似的。捣了满满一臼子蒜泥，我捣的，加了酱、醋、香油，味道真是好极了。

　　大，我们家那盘大石磨还有吗？千万保存好，别被人弄了去。将来找个石匠琢磨琢磨，支起来，买头小毛驴，拉着，磨新麦子。石磨磨出的面粉，比机器磨磨出的好吃。高密火车站前，有一家卖石磨火烧的，面特别硬，很好吃，但我知道他们使用的面不是用石磨磨的。将来咱们自己磨。还有那柄腰刀，可别当废铁给我卖了。我听俺爷爷说那刀是毛子扔下的，也许杀过人的。我前几年回家，跟俺二嫂子要那把刀，她说不知道让大藏到哪里去了。我记得咱家还有两把铁锏，很沉，就是秦琼使用的那种武器，后来就见不到了。听说是被一个表叔拿去了，还能找回来吗？您再帮我安一把小锤吧，这里有核桃，我要用小锤砸核桃吃。

父亲节时，我写了一篇小文章，题目叫《父亲的严厉》，写得不好，但还是抄给您看看：二十世纪六十年代，父亲四十多岁，正是脾气最大、心情最不好的时候。在我们兄弟们的记忆中，他似乎永远板着脸。不管我们处在怎样狂妄喜悦的状态，只要被父亲的目光一扫，顿时就浑身发抖，手足无措，大气也不敢再出一声了。父亲的严厉，在我们高密东北乡都是有名的。我十几岁的时候，经常撒野忘形，每当此时，只要有人在我身后低沉地说一声："你爹来了！"我就会打一个寒战，脖子紧缩，目光盯着自己的脚尖，半天才能回过神来。村里的人都不解地问："你们弟兄们怕你们的爹怎么怕成这个样子？"是啊，我们为什么怕父亲怕成了这个样子？父亲打我们吗？不，他从来没有打过我们。他骂我们吗？也不，他从来没有骂过我们。"他既不打你们，也不骂你们，那你们为什么那样怕他呢？"是啊，我们也弄不明白为什么要这样怕父亲。

我们弟兄们长大成人后，还经常在一起探讨这个问题，但谁也说不清楚。其实，不但我们弟兄们怕父亲，连我们的那些姑姑婶婶也怕。只要听到我父亲咳嗽一声，便都噤声敛容。用我大姑的话说就是："你爹身上有人毛。"

我父亲今年已经80岁，是村子里最慈祥和善的老人。与我们记忆中的他判若两人。其实，自从有了孙子辈后，他的威风就没了。用我母亲的话说就是："虎老了，不威人了。"我大哥在外地工作，他的孩子我父母没有帮助带，但我二哥的女儿、儿子，我的女儿，都是在他的背上长大的。我的女儿马上就要大学毕业了，见了爷爷，还要钻到怀里撒娇。她能想象出当年的爷爷咳嗽一声，就能让爸爸战战兢兢、汗不敢出吗？

后来，母亲私下里对我们兄弟说："你爹在外边混事，忍气吞声，夹着尾巴做人，生怕孩子在外边闯了祸，所以对你们没个好脸。"母亲当然没说父亲要我们原谅的话，但我们听出了这个意思。但高密东北乡的许多人说，我们老管家之所以出了一群大学生、研究生，全仗着我父亲的严厉。如果没有父亲的严厉，我会成为一个什么样的人，还真是不好说。

一个孩子的心愿

◇大　冰

1

他们并排坐在小屋的角落里，神情紧张。很局促，手都不知道该往哪儿放。

过时的提包，素色的衣裳，廉价的皮鞋……简朴却整洁，隐隐带着几分普通人的隆重。

一看就知他们并不常出门旅行，衬衫扣得严严实实，头发梳得一丝不乱，出差一样。

我刚一进门他们就死盯着我看，眼神里满是期待和慌张。

孩子的眼睛会发亮，我知道的，却是头一次在中年人眼中见到同样的光亮。

他们应该是夫妻。

我在他俩对面坐下，点点头，冲他们笑笑。

紧接着我吓了一跳，我的笑容有什么问题吗？为何他们仿佛受惊一样，紧紧攥住了对方的手。

两只手攥在一起，攥得发白，四只眼睛越发闪亮，依旧死盯着我，好像钩子一样。

我们之前见过吗？出什么事了，为什么这副神情？

还没等我开口询问，中年女人猛地吸了一口气，吐出来一句话："终于找到你了，大冰。"

她颤抖着声音探问："听说，你是个一诺千金的人……"

"谁造的谣？"我慌忙摆手，手刚摆了两下就僵在半空中。

她双手合十面向着我，仿如佛前祈愿一样。

她闭上眼睛对我说："求求你……求求你帮我们一个忙。"

2

在他们开口讲述的头半个小时里，我并不知道自己会遭遇一个如此虐心的故事。

这是两名农村中学教师。此次丽江之行是专程为我而来。

他们说，希望我帮他们一个忙，帮他们的儿子一个忙。

他们的儿子叫越阳，1998年10月13日出生，90后。

他的母亲看着我的眼睛，着重强调说："越阳是个好孩子。"

每个父母眼中的孩子都是好孩子，但她执拗地说，他们家的好孩子和别人家的不一样。她说她的儿子出奇地懂事。

他们都是农村中学教师，陪学生的时间多，陪儿子的时间少，但儿子从小不哭也不闹，早早地学会了一个人吃饭，一个人睡觉。

她说："我是老师，没时间过3月8日的节日……可是下课铃一响，就看见儿子站在教室外，一边挥动着节日卡一边喊：'妈咪，节日快乐！'"

节日卡是他自己裁的，自己画的，还有一只小蛋糕，他零花钱少，只买得起拳头大的蛋糕。他说："我妈妈很辛苦的……"

这位母亲讲着讲着，声音弱了下来，双眼失神地看着我，不知在想些什么。

我咳嗽了一下，她好像被惊醒了一样，歉意地点了下头，继续开口讲。

她说："别人家是妈妈哄孩子，我们家是孩子哄妈妈，从小就是这样。曾经有一个周末的晚上，我带着越阳去火车站广场玩，那时候他还很小……我太粗心了，边散步边备课，不知不觉就和他走散了，我满广场找他，找遍了整个广场也不见踪影……"

"我不知所措了好久，等到终于稳下心神想报警时，电话来了。越阳在电话里大声喊：'妈妈，我找不到你，自己先跑回家了，我在家楼下的小店里，很安全的！'

"越阳气喘吁吁地喊：'妈妈，你别担心我，你不许哭啊。'"

这位母亲说到这里，声音明显地沙哑了起来。她认真地看着我说："真的，他从小就知道心疼人。"

我说："哦，我知道你儿子是个好孩子了，但是……"

她急急地打断我的话，自顾自地重复着说："他真的从小就知道心疼人……"

她急切地说："我们越阳学习永远名列前茅，我们从来没操心过他的成绩，只担心他的喜好是否太多。学校里他什么活动都乐意参加：广播站、学生会、演讲比赛、朗诵比赛、数学竞赛……光是象棋比赛的证书就有厚厚一沓。象棋教练说越阳是棵好苗子，让我们送他去省城好好培养。但越阳拼命和我说：'不要不要，妈妈，我下象棋只是兴趣爱好。'他怕让家里花钱，他怕累着我们，他心疼我们……

"越阳还喜欢音乐，学过小提琴，萨克斯获得了十级证书，葫芦丝在浙江省民乐比赛中拿过三等奖。拿完奖之后他就不肯再学了，老师怎么劝他也不从。

"他跟我说，其实乐器里，他最喜欢的是吉他。他不说我也知道……学吉他最省钱，不像小提琴、萨克斯的课时费那么贵。

"我当然不肯让步，哪个父母愿意委屈自己的孩子？砸锅卖铁也不能耽误！又不是借不到钱……

"他搂着我的脖子说悄悄话：'妈妈，你知道吗？我觉得音乐这东西很神奇，不论用哪种乐器去演奏，里面的道理都是一样的。你就让我学吉他吧，至于其他的乐器，我将来一上大学就自己挣钱……我有大把的时间去学。'

"我搂紧他：'好孩子，爸妈没本事挣钱，委屈你了……'

"他撇嘴：'妈妈，你说的这是什么话？谁有咱们家这么厉害——我爸爸妈妈都当老师！'

"越阳学吉他上手很快,他本就有音乐天赋和功底。

"吉他是借的,他总是说自己技术低,用不着专门买好吉他。别人还在爬格子、练和弦时,他已经开始自己琢磨着写歌了。他看书多,歌词一写就是半个笔记本,只等着将来学全了乐理就自己谱曲。

"他志向大得很,当作家,当棋手,当歌手……那么多兴趣爱好,却未曾耽误学习。他后来从青田小镇考到省城中学时,成绩是最优秀的!"

……

每个母亲都爱夸自己的儿子,一夸起来就刹不住车,这个母亲也不例外。

这位朴素的母亲告诉我说,他的儿子越阳考上的是赫赫有名的杭州市文晖中学。

很奇怪,讲这段话时,她的表情不是骄傲的,声音却开始哽咽。

沙哑的哽咽。

……

据说去学校报到时,越阳手里的行李是最简单的,肩上的行李也是最特殊的。

是一把吉他——为了庆祝考到省城,父母送他的礼物。

从小到大,他收到的最昂贵的礼物。

他弹着那把珍贵的吉他,从初一弹到初二。

从2012年弹到2013年。

3

2013年,越阳被查出患有白血病时,才15岁。

好似耗尽了全身的力气,这位母亲虚脱地靠在了丈夫的肩头。

她流着泪说:"大冰,在来找你之前,我们俩读了你的书。我记得你在书里写过:……命运善嫉,总吝啬赋予世人恒久的平静,总猝不及防地把人一下子塞进过山车,任你怎么恐惧挣扎也不肯轻易停下来。非要把圆满的颠簸成支离破碎的,再命你耗尽半生去拼补……"

她靠在丈夫的肩头流泪,反复念叨着"命运善嫉"这四个字。

她说:"到底嫉妒我们什么?我们到底做错了什么?非要惩罚这么好的一个孩子……"

犹豫再三,我说:"大姐,你们的遭遇我很同情,我知道治白血病要花很多钱,也大略知道你们的收入水平,但是实话实说……不是我见死不救,这个忙,我或许很难帮。"

我说:"对不起,越阳是个好孩子,但我并不是个有钱人。"

他们俩连声说"不不不",用力地在我面前摆手。

这位父亲苦笑着说:"大冰,你误会了,我们不是来找你要钱的,我们当了一辈子教书匠,穷归穷,骨气还是有的……"

"况且,"他轻声说,"我们越阳,现在不需要钱。"

4

这位父亲揽住妻子的肩膀,再次帮她擦了擦眼睛。

他抬头看我一眼,又低下头,慢慢地说:

"……儿子很乐观,他妈妈都要崩溃了,他还反过来安慰她,变着法子逗她开心。他从小就这么懂事,生病了还这么懂事,他越这样,越让人心疼……

"2014年五六月,越阳的病情确实好转了,还重返了教室,上午上半天课,下午在家休息,期末考试竟然还考出了个非常好的成绩!"

听到这位父亲说到这里,我松了口气,一句"恭喜"还没来得及出口,又生生咽了回去。

这位父亲低着头,越发佝偻了,鼻尖上清清楚楚悬着一滴泪。

"……我们以为他几乎痊愈了的时候,7月的骨穿报告也出来了。

"骨髓里的坏细胞有点儿反跳,医生说要连续加4~6次化疗才行,于是我儿子又开始了连续化疗的历程,很痛苦,不是人遭的罪,那么小的孩子……

"前四次化疗进展很顺利,每次都完全缓解。

"第五次化疗后,他妈妈拿到骨穿报告,哭得肝肠寸断!我也被这个晴天霹雳轰得差点儿晕倒。

"天大的玩笑!这次骨髓里的坏细胞比7月那次要高得多,是真正意义上的复发!

"瞒不住了。我把这个复发的坏消息告诉儿子,他竟然出奇地平静。

"他对我说,爸爸,没关系的,咱们再接着化疗。

"我憋着眼泪躲到门外去哭。

"孩子,你和我说话的口气像个成年人一样,你为什么要这么懂事?你难过,你失望,你哭你叫你喊出来啊,爸爸不怪你啊,为什么反倒要你一个孩子来安慰爸爸……

"化疗越多,对人体的伤害越大,恢复起来也越难。他其实已经对化疗很恐惧了,每一次都是上刑啊……我不明白他一个小孩子到底是靠什么才忍下来的。

"儿子的身体越来越难受,可他一直说:'妈妈,我不难受,过两天细胞涨上来就好了,你不许哭。'他想给妈妈擦眼泪,但手都抬不起来了……

"儿子在他妈妈怀里睡着了。我们等着他醒过来。

"这么懂事的好孩子,我们等着他醒过来……"

我看着这位父亲,等着他继续往下说,但他久久没有开口。

喧嚣的丽江正月,街上的嬉闹声声声入耳,小屋里却一片沉默。

5

2015年2月11日,奇迹没有发生。

越阳没有醒过来。

15天后,越阳的父母来到云南丽江,带着他的遗愿,坐在我身旁。

越阳的遗愿,和我有关。

这是一个任性的遗愿。

他说他写了好多歌词,但看来没有机会谱上曲子了,如果有人能把这些音乐给做出来,该多好哦……

他说:"我看过他的书,我猜他会答应的。"

他说:"妈妈,我的好妈妈,我从没求过你什么,我一辈子就任性这一次,你们一定要帮我去完成这个心愿,好吗?"

……

6

正月里的丽江，人群早已散去的小屋。

越阳的父母忐忑地看着我，沉默地看着我，双手合十，泪眼婆娑。

可怜拳拳父母心，他们应该是一料理完后事，就赶来云南找我的。

捧着两颗碎了的心，背着一个任性的遗愿。

我可以拒绝一个16岁的孩子最后的任性，哪怕他真的是个罕有的好孩子。

但哀莫大于中年丧子，我没有任何理由去拒绝这样一对父母的请求。

我接过了一个U盘。

我说："好的。"

7

我以为U盘里只是歌词。

未曾想，歌词文件夹里，还夹带着几段话，是16岁的越阳在得知病情复发时，悄悄写下的，大意如下：

如果我真的运气不太好，挂了。

我愿意无偿捐献我的眼角膜和器官给需要的人。

我生病后，很多人给我捐款，把剩下的钱给其他患白血病的孩子用吧。

……

爸爸妈妈去领养一个妹妹吧，我从小就想有个妹妹，你们知道的。

还有，我从小还想养只猫或狗，请妈妈帮我养一只吧。

……

这个也是我的遗愿，我有好多歌词，其实我是可以用吉他弹唱出来的，但是貌似目前还不怎么会写谱。希望这些歌能被做成音乐，然后任何人都可以拿去使用（算是版权授权吧）。

我只是想留下些什么，爸爸妈妈一定要帮我实现啊，这毕竟是我最后的心愿了。

孩子，不管你最后的心愿多么任性，他们都会帮你去实现的。

谁让他们是你的爸爸妈妈……

软肋 和盔甲

◇卢思浩

有人说，爱上一个人的第一反应是好像有了软肋，又像有了盔甲。那时我想，那一直爱着我的父母是什么感觉？

有次我爸突然打电话给我，我这里已经是凌晨，看到电话号码的一瞬间心突然"咯噔"一下，怕是什么坏消息。接起电话我爸说了一句："没什么，就是你妈想你了。"

简单几句之后我爸就把电话挂了。老实说随着离开家的时间越来越长，我跟爸妈联系的次数也越来越少，刚出国时我妈每天都要和我视频，现在我妈在QQ上也差不多一个月找我一次。

我妈从来不会像她朋友一样，给自己的儿子时不时来段肉麻到死的话；我爸也很少给我打电话，只有一个月一两次在我的QQ上没头没脑地留句话。从小到大，我和我爸妈的相处方式就是这样：话不多，没那么多交流，一起旅行的时候也只有小时候的那几次。

回国那阵子一起吃饭的时候，偶尔，我妈会讲讲我小时候的事情。说那时我7岁了，有一次我妈对我说我7岁了，可以自己出去玩了。然后我就在中午偷偷地溜出家，跑到我妈单位去找她。结果我迷路了，我妈下班之后差点儿没后悔死对我说这句话。后来我妈接到她同事的电话说我在她单位。

这件事情我已经完全不记得了。在我妈说这件事的时候，我看到奶奶在一旁偷偷地抹眼泪。这不是我第一次看到奶奶抹眼泪。也许年纪越大，反而就越像个小孩子。奶奶买了新东西就会像小孩子一样开心半天，还偷偷藏起来，又忍不住窃喜。我印象里只见奶奶抹过三次眼泪，都是因为我。第一次是我出国的时候，进海关之前我回头看了一眼，看到奶奶在偷偷哭；还有一次也是我又要离家，我没让家里人送，奶奶给我递行李的时候，忍不住哭了。

我不知道老人在送孙子孙女离家的时候是什么心情，也不知道不懂电脑不懂手机的他们要怎么才能知道我的消息。我不知道他们在看到儿女长大不再需要他们的时候的心情，更不知道他们看着我们长大到底是开心多一些还是不舍多一些。我们拥有他们年老前的最后一点儿时光，他们却不再拥有我们。时间真的是这世上最残酷的东西。

细细想来，我妈接触所有的新鲜事物都是因为我——QQ、微信、微博。老实说我很讨厌他们无孔不入地关注我的生活，却又无法想象我不在家的时候他们看着我空荡荡的房间是什么心情。我妈是我的英雄，她从来不示弱，从来不在我面前难过，唯一的一次是她在我上网的时候，突然来了一句从小我就是这样独立的个性，长大了觉得距离越来越远了。我那时戴着耳机，其实耳机里音乐声并不大，听得真切，却只能假装赶稿连头都不敢回。

我知道我的父母是我的软肋，只要他们出了一点儿问题，我就一定会赶回家。而如果他们想让我有另一种生活方式，或许我也会挣扎纠结，试着说服他们或者说服我自己。在一个人20多岁的时候，自己的理想和父母的希望之间的冲突在某种程度上无法调和。然而我知道，他们只是想看到我的决心。

而他们是我的盔甲。每次我低落了、难过了，只要想到他们就充满动力，想着自己厉害的速度一定要超过他们老去的速度。或许我们在为了感情挣扎、为了梦想拼搏，或许父母某种程度上是我们甜蜜的负担。但是想到他们，就觉得挫折和困难其实没什么大不了的。

天塌下来，你们就是我寂寞天地中的大英雄。天暗下来，你们就是光。

我的**女神**

◇张晓晗

亲爱的女神，我写过很多东西，长长短短，或深情或调侃，但是从来没有为你写过，很抱歉。更抱歉的是，我生来没你千分之一的美，也没你千分之一的好，我想通过不断攀爬，有一点儿成绩的时候跟你说"你看，我也是可以不断接近你的"，却在每一次把事情搞砸的时候，才想到你。这些时候，我又难免责怪你，如果不是你过分完美和纵容，我是不会变成这个死样子的，至少我应该会世故一点儿，懂一些人情，会和世界打交道。

怀我的时候，你还是名新医生，抢救病人时没经验，给一个送来的病人做人工呼吸，最终病人没抢救过来，死亡后才确诊是狂犬病人。大家都替你捏把冷汗，可你还是把手头的工作做完后，才冷静地去门诊打阻断针，然后下夜班。清晨的薄雾中，你坐公交车去庙里拜了一下，希望我生下来健康就好。最终愿望成真，你感激生命的善待，对我自然没了太多要求。在我十四岁生日的时候，你写了一封信给我，才说了这些。你对我唯一的期待只有四个字——健康快乐。

小时候，邻居家的小孩儿个个被严苛地要求学一门才艺，钢琴也好，绘画也罢。你也给我报过一水儿的学习班，最后因我天生木讷、兴趣索然，皆无果而终。在邻居家的小妹因为不愿练琴而被妈妈追着打的时候，因你过分温柔，

没有逼迫过我做任何事,导致从我说不学琴的那一天起,钢琴就开始在家中闲置。后来我想,如果你对我严苛一点儿,就算我学不会一些可以炫耀的本事,也不会是一个这么容易知难而退的人。

我做事三心二意的习性,也都是因你养成。看《名侦探柯南》时想当侦探,你就天天在午餐时将电视锁定《今日说法》节目。小时候想干的事多多呀。想当服装设计师就给我买芭比,想当导演就允许我在家没日没夜地看电影。四年级时我写了第一篇小说,是男男女女爱来爱去的那种,你没有瞪大眼睛问我从哪儿学来的这些坏东西,而是坚定地脱口而出影响我一生的话:"你一定会成为作家的。"

几乎整个中学时期,爸爸都在国外工作,一直是我俩共处,你独自经历我难缠的叛逆期。高三下学期我犹豫要不要学戏剧,你一个平时买件衣服都要再三考虑的人,却在我还举棋不定的时候,就给我为各个学校的校考报了名。这个过程当然有十分痛苦的地方,我也崩溃、沮丧过,你却云淡风轻地说:"考上与否都不能阻止你做想做的事。"后来成功了,你不意外,不惊喜。不知道你瘦小的身体里,哪里来的这样的怪力,来维持家里的秩序。

从小到大，你未曾说过半句谎言骗我。我问出的所有问题，你都冷静异常地告诉我答案，包括家中的丑闻。只要我问，你就一边切菜，一边娓娓道来。我想，如果不是你的真诚和冷静，也不会养成我偏执和过于追求真实的性格。

还有一件事，你记不记得？我上小学时，有一次你承诺，如果我考了满分，就给我买一个全蛋糕店最漂亮的蛋糕。那次鬼使神差我真的考了满分，也是我学生生涯里唯一的一次数学满分。你却因为医院的事没有履行诺言。我非常沮丧，无论你如何补偿，我依旧生气。可能是没出息的人在巅峰时期都有种患得患失的预感，知道自己再也不会考满分了。

那次，作为赔罪，你给了我三张好利来的过期蛋糕券，你说可以给我三次机会，任何时候无条件地帮助我。

我小心地存起来，在二十岁之前统统用完了。一次是刚刚转学到上海，数学只考了二十分，老师让我降级，你难得地请了假，卑躬屈膝地带着一堆礼物去向年级组长求情。一次是高中早恋被老师发现。还有一次，当时因为买房，家里债务缠身，你却提光全部存款，带着我漂洋过海去看我爸。当时我们身上一欧元都没有，在异国机场时，我焦虑得不行。你说有什么好怕的，下个月发工资我们不就又有钱了吗？我想如果撒切尔夫人是铁娘子，你应该算金刚钻娘子了吧，竟然在穷途末路时都还有一种嚣张的自信。反倒是离开时，你在安检入口看着我爸，哭了。我当时催你进去，你犹犹豫豫的，没憋出一句话，就掉眼泪了。这是我唯一一次见你哭，我很紧张，觉得你在我成长起来的各种事里，都是一笑而过，掉眼泪简直是像天塌下来一样重大的事。为了让你停止哭泣，我用掉了最后一张蛋糕券。

说起来真是很奇怪，你这样一个爱美到拥有两百条丝巾，漂亮又独立，连生我前一天的上午都追着公交车跑了一站的家伙，为什么会选择四十岁之前风流顽劣、四十岁之后也没有长大的我爸呢？

十八岁之后，三张蛋糕券都落到了你的手里。我说出同样的话，当我欠你的，你可以找我帮助你三次。你和小时候的我一样，小心地把它们珍藏起来，不一样的是，你从未用过。我第一次赚了大钱，宴请所有的朋友，珍馐美馔和酒池肉林过后，夜深人静，才想到你都五十岁了。天啊，我的印象里，你昨天还骑着木兰摩托带着我飞，风吹起你的碎发，庸脂俗粉从未损你半点儿空灵，你就像穿梭在城市里的小龙女。

我拎起外套匆匆忙忙跑回家跟你说："喂，老妈，我赚钱了，你可以拿蛋糕券换点儿东西。"你点点头说"好啊"，然后从抽屉里拿出一张券给我，说："帮我去超市买一袋砂糖、一瓶老抽和三个番茄。"我反复跟你确认："这些就用掉一张？"你说："嗯，下次你又可以用这张券来找我帮忙了。"

我每次想到这件事都会躲在被子里哭，特别是在长大成人后无数个觉得自己无用的夜晚。比如今天。

录制节目要写自己心目中女神的特征，我写的特征都是属于你的，最后被删掉的两个——依赖和内向，却都是属于我的。我很想很想成为那个你可以依赖的人，却还是在一次次把事情搞砸之后，回到你的小木兰上，让小小的身躯和你的后背无缝贴合，再用双臂紧紧环绕着你，就这样一直开下去，你不会变老，我也不会长大。

多希望时间为我开个后门，让我们永远在一起。

亲爱的女神，虽然我心里无数次默默地责怪过你，一只坚强的小白兔，却供养出脆弱的大灰狼，身为野兽的我，因为你，在森林里给了自己诸多退缩的理由。但是说到女神，除了你，我再也想不到第二个人选。

虽然我崇拜过、羡慕过那些厉害得发光的人，但是能倾其所能保护我的才是神。

好惨的 中文课

◇刘 轩

  我现在对自己的中文读写能力十分自豪，但是，提到学中文的往事，真是噩梦一场。

  我恨死了中文！恨死了老爸和老妈。

  我们兄妹二人在阿拉斯加的观光火车上也要学中文。被老爸逼得好可怜！每一次看见老爸拉着4岁的妹妹跳舞，我都会想：他什么时候变得这么有情调了？

  记忆中，他从来没跟我跳过舞，甚至没怎么和我玩过，如果说玩，那就是比赛、上课。

  我到现在都记得，三四岁的时候，卧室门上贴了一张大大的纸，我常在前面被罚站。

  纸上的图画已记不清了，据老妈回忆，那是注音符号，每个符号都画成一个人、一棵树、一把椅子或一朵花的样子，使我比较容易记住。

  老妈说，老爸年轻的时候，最没人情味了。他出国采访将近一个月，一进家门，不是把我抱起来亲亲，而是喊："儿子，过来！考考你，我交代的古诗背熟了没有？"

  大概在这种所谓的强势教育下，我很小就会背几十首唐诗，能认好几百个汉字，报纸上还登过关于我的新闻呢！不过，老爸一点儿也不得意，他说："小时候背的不算数，'小时了了，大未必佳'！"

果然，老爸出国没多久，我背的唐诗全还给他了。倒是认的中国字，到现在都还管用。

从象形文字开始，老爸教我中国字，有他自己的一套方法。

大概因为他是学画的，所以总用图画的方式教我。譬如画一棵大树，除了中间的主干，上面左右伸出两根树枝，下面长出两条根，是"木"字。

画一条横线，上面加一小竖，一小横，是"上"；下面加一小竖、一小点，是"下"。

"上"和"下"合在一起，是"卡"。

又画一条横线，上面加个太阳，是"旦"。

太阳上面加草，太阳落在草里，是"莫"。

后来，"莫"的下面又加一个日，成了现在的"暮"字。

同样的方法——他画一只手，伸在"木"上，是"采"。然后在"采"的左边加一只手，说是后来的人找麻烦，又加一只手，成了"探"。其实"采"就是"探"。文字应该越来越简化，除非为了精确，何必越变越麻烦？或许正因如此，他已经开始教我认简体字了。

才离开台湾，他就开始教我读的"拼音系统"。

奶奶为了这个跟他吵。

他坚持说："十几亿人在使用的工具，你不能不会用。"

老爸太牛了！我们哈佛大学的图书馆全用拼音系统。上中文课，全用拼音辅助。写历史论文，中国的人名、地名，全根据拼音系统翻译。读的大陆书籍，全用简体字写成。

中文科主任说："繁体、简体都得会，否则中文再好，也只是半懂！"

刚到美国的时候，英文课程都忙不完，老爸却要我隔天交一篇中文作文。

我得默写《桃花源记》和《岳阳楼记》这些让老爸摇头晃脑、爱得要死的古文课文。

我得每个星期六去法拉盛区的"至善中文学校"上中文课。

当窗子外面邻居家小孩儿跑来跑去玩的时候,我居然得一笔一画地写这种麻烦透顶的东西。

很多从中国移民来的同学,都说中国字最笨,从右写到左,一边写,手一边会碰到刚写完的字,弄得脏兮兮的!而且你不能边写边看前面写的东西,因为手正好遮在中间。

"最先发明从右向左写字的人,一定是左撇子!"我说。

"古人悬腕,没这顾忌!"老爸说。

不管怎么样,我那些老同学,多半都不再写中文。英文多方便!一个角度,一条线连下去,不知比写汉字省多少力气!最重要的是,我们平常听的、想的、看的全是英文。即使在中文学校,下课之后,也用英语交谈。

英语是我们的语言,中文是老爸、老妈和奶奶的语言。谢老师出招比老爸狠毒,老爸看清了这一点,说:"一人教之,十人咻之。"效果太差。

他居然不再让我上中文学校,而是把我送到了谢老师家。跟我一起倒霉的,还有老爸的国画学生敦育蕾和黄嘉宁。

谢济群老师是老妈在中山女高的同事,当年在台湾就是有名的中文老师。

她人不高，戴着眼镜，说话很慢，好像从来不会生气的样子。

但是，她的课并不好混。她自己很努力，拼命为学生收集资料，使得我们不用功都不成。

好老师就是这样，使你觉得念不好就对不起她。

谢老师教得很广：从老子、庄子到"五四运动"。从苏东坡的《定风波》，到郑愁予的《七月》。从《世界日报》的中文剪报，到《纽约时报》的专题。甚至蔡志忠的漫画书，也成了教材。

她要我们先把英文报上的文章翻译成中文，再看中文报上的转载。比比看，谁翻译得好。

她也跟我们谈历史、谈中国、谈中国人。

老爸常说："父母一心想变成蓝眼睛、金头发，就算嘴巴上不崇洋，小孩儿也能感觉到。这种家庭，中文怎么可能保存得好？所以中文教育的成败，跟民族自尊心有很大的关系。"

自从谢老师接手，老爸就很少再管我的中文学习了。

只是在跑步到树林和湖边的时候，他常要我用中文形容风景。

什么粼粼、涟漪、潋滟，都是这么学的。

有一次坐在车上，他大发高论，提到一群人"瞎扯淡"，突然灵机一动，说："'che dan'这两个字，我打赌你一定不会写，要是你能写出来，我给你100块！"

他输了！从此，每次他要赌，出了题目之后，会先盯着我的脸。看我不会的样子，可能叫价50块；看我面有喜色，就只出5块。

我更诈，越有把握，越抓耳挠腮，装作不知道，等着他叫高价钱。

我终于开始尝到学中文的好处——赢钱！老爸就是这样不遗余力地提高我的中文水平的。

18岁 不可承受之重

◇七堇年

18岁,在千辛万苦熬过了高三之后,我没有考上清华。原因竟然不在数学,而在文科综合。揭晓分数的那天,我听完电话里的报数,在草稿纸上加了3遍,得到的仍然是那个我不想面对的数字。我倒在床上蒙头痛哭了整整一天。母亲坐在客厅,也是默不作声地落泪。过了很久很久,她悄悄来到我的床边,抚摸着我的头,那么无奈而痛心地安慰我:"不要哭了,乖,不要哭了。"

烈日不怜悯我的悲伤,耀我致盲。彼时过于年轻脆弱,我只知道蒙头痛哭,在盛夏7月,眼泪与汗水一样丰沛而无耻。我仿佛听见命运的大门缓缓关上的吱嘎声……我一度以为,我一度那样真真切切地以为,这是我人生中最无可挽回的失败。在后来高中好友们一一被名牌大学录取的报喜声中,在后来一次次首都顶尖高校的昔日好友满面春风的精英型同学聚会中,在后来的后来,我愚蠢而耐心地反复咀嚼着这一次失败的味道,几近一蹶不振,为这个理想的幻灭赔上了此后将近3年的无所事事的荒凉青春。在20岁出头的关口,我才明白过来,不懂得从一次失败中站起来,永远跪在地上等待怜悯并且期待永不可能的时间倒流,才是人生中最无可挽回的失败。

母亲想安慰我,像《我与地坛》中那个欲言又止的可怜的母亲那样,对我说:"我带你出去走走吧,老这么在家里不成样子。"

  我是带着这样一种失魂落魄,真的是失魂落魄的心绪,去往稻城的。自驾车2000多公里,从川西南,北上到甘肃南部的花湖,再南下,去往藏东的稻城亚丁,途经红原、八美、丹巴等与世隔绝的绮丽仙境。巍巍青山上,神秘古老的碉楼隐匿于云端,触目惊心的山壁断层上苍石青峻。月色辉映的夜里,沿着狭窄的公路在峡谷深处与奔腾澎湃的大河蜿蜒并驰,黑暗中只听见咆哮的水声。翻滚的洪流在月色之下闪着寒光;仿佛一个急转弯,稍不注意,便会翻入江谷,尸骨无存。

  头顶着寂静的星辰,我在诗般险峻的黑暗中,在行进着的未知的深深危险中,渐渐找到一丝不畏死的平静。

  我曾经说过,其实人应当活得更麻木一点儿,如此方能多感知到一些生之欢愉。明白归明白,但我或许还将终我一生,因着性情深处与生俱来的暗调色彩,不经意间就沉浸在如此的底色中。希望、坚持等富有支撑力的东西总是处在临界流产的艰难孕育中,好像稍不注意,一切引诱我继续活下去的幻觉就将消失殆尽。

  7月,在行驶了2000多公里之后,在接近稻城的那个黄昏,潮湿的荒原上开满了紫色花朵,落雨如尘,阴寒如秋。孤独的鹰在苍穹之上久久盘旋。我眺望窗外的原野，身边坐着母亲。

高三时，我在外读书，母亲常常专程来看我，一早赶30多公里路，给我带来我喜欢吃的东西，热乎乎地捂在包里，外加很多她精挑细选的水果、营养品。我由此越发懂得什么叫作可怜天下父母心。

有次她借着出差的机会，又带上很多东西来看我。白天忙完工作，傍晚时才来到学校。母亲就这么静静地坐在我的宿舍里干等我一个晚上。那天晚自习照例是考试，我急不可耐地交了卷，匆匆赶回宿舍和母亲相见。没说上两句话，很快就有生活老师催促熄灯，母亲说："那我走了，你好好的，要乖，妈妈相信你会努力的。"我送母亲到校门口，那时下着雨，母亲想让我早点儿回去，就说司机已经来了，宿舍关门了就不好了。我想也是，生活老师不太好说话，我就先回去了。

而后来的事情是，那个下雨的凄凉夜晚，为母亲开车的司机在市中心吃完饭已经醉得不省人事，睡得连电话响都听不到。母亲瞒着我，要我赶紧回宿舍睡觉，她自己一人站在学校外面空旷的公路边等着打车回去。可是因为过于偏僻，她打不到车。她一个孤身女子在那黑暗冷漠的马路边，从10点30分一直站到深夜12点，手机也没了电，无法求助。偶尔飞驰而过的车，像划不燃的火柴一样，擦着她一闪而过，没有一辆停下。她冷得发抖。最终她拦到一辆好心人的私家车，狼狈落魄地赶了回去，因为受寒，病了一个星期。

高三结束很久后，有次母亲轻描淡写地对我说起这件事情。我们正吃着午饭，我强忍着眼泪，放下碗筷，走进厕所咬着嘴唇，痛彻心扉地哭了，眼泪喷涌，却没有发出一丝声音，然后迅速地洗脸，按下抽水马桶的按钮，佯装才上完厕所，平静地回到饭桌旁。

我在心里想着，如果那个夜晚母亲发生什么不测，那我余生如何能够原谅自己？幸而她平安无事。因此我不知道除了考上一所体体面面的名牌大学，还有什么能够报答母亲的一片苦心。

这也是我高考失败后，这么久以来无法摆脱内疚感和挫败感的原因，我觉得对不起她。她寄予我的，不过是这样一个简简单单的期望，期望我考上一所

这世间唯一的软肋和盔甲

好大学，希望我争气。为着这样一个简单的期望，她18年如一日地付出无微不至的关爱。在后来，经历几番追逐恋慕，浅尝过人与人之间的感情维系何等脆弱，我才惊觉母亲给予自己的那种爱意，深情至不可说，无怨无悔地，默默伴我多年。我不得不承认，唯有出自母爱的天性，才可以解释这样一种无私。

稻城的夜，雨声如泣。在黑灰色的天地间，7月似深秋，因为极度寒冷，我们遍街寻找羽绒大衣。海拔升高，加上寒冷，母亲的身体严重不适。我们只好放弃了翌日骑马去草甸再辗转亚丁的计划，原路返回，旅程在此结束。带着《游褒禅山记》中记叙的那般遗憾，带着上路时的失魂落魄，离开了寒冷的稻城。

那是18岁时的事情。几年过去，因着对人世的猎奇，探知内心明暗，许诺自己此生要如此如此，将诸多虚幻而痛苦的读本奉作命运的旨意——书里说，"生命中许多事情，沉重婉转至不可说"，我曾为这句话彻头彻尾地动容，拍案而起，惊怯至无路可退，相信在以自我凌虐的姿势挣扎的人之中，我并不孤单。我时常面对照片上4岁时天真至脆弱不堪的笑容，不肯相信生命有这般酷烈的锻造。但事实上，它又的确如此。我从对现实感受的再造与逃避中体验到的，·不过是一次又一次对苦痛的幻想。

在我所有的旅行当中，18岁的稻城是最荒凉的一个站点。可悲的是，它最贴近人生。

人生如路，须在荒凉中走出繁华的风景来。

我在第三棵树下等你

◇陈柏清

1

那天和男友逛街，路过一所小学，正赶上放学，孩子们潮水般从学校里涌出来，一个穿蓝裙子的小姑娘在人群中快速穿梭，扑进一个站在校门口小树下的男人怀里，男人牵着她的手，两个人边走边热烈地聊着什么。我不自觉地转换着角度给他们行注目礼，直到他们的背影被人群淹没。

我读初三的时候，中考前，学校要求上晚自习，爸爸每天晚上9点就会到学校门口来接我，回到家他会给我做点儿消夜，无外乎煮一碗瘦肉粥、炒个鸡蛋。那天他问我想吃什么，我说要吃手擀面，他说"好吧"。我去洗漱的当儿，他就已经把一碗面条摆在我面前，然后又去厨房端汤。我接过汤碗的时候，没想到碗那么烫，手一抖，汤碗掉在了地上，他瞪眼看着我，有点儿生气地说："你这孩子！"我的手正痛得难受，气恼地喊："我又不是故意的！""你还有理了！"爸爸一边擦着地板上的汤，一边说道。我最受不了爸爸妈妈的责备，他也不看看我的手都被烫红了，我一气之下把筷子拍在桌上，站起来气呼呼地说："我不吃行了吧！"然后转身回房间，"砰"的一声关上了门。我听见爸爸在门外说："你就知道关门，面条不给你吃了……"然后我一边掉眼泪，一边听见爸爸很大声地在客厅里吃面条。我想我又要好几天不跟他说话了。

第二天我下晚自习后,看见他在校门口等着,我趁着夜色,混在同学中走了过去,虽然走进胡同时,黑暗和恐惧使我的心"怦怦"乱跳,可我还是想,就要让爸爸害怕,就要让爸爸着急,要让他知道我多么重要。我知道要是我生气,他就会难过。果然,我到家没多久,爸爸急匆匆地跑回来,我隔着房门听见他上气不接下气地问妈妈:"孩子回来没有?"妈妈说:"回来一会儿了。"爸爸如释重负,但也带着一点儿愧疚地说:"孩子太多了,没看清。"我心想:明天看你怎么办!

2

第二天我一开房门,顺着门缝飘进一张字条:"爸爸今晚在第三棵树下等你。"连句道歉的话也没有,倒像个约会,我把字条扔在桌子上。放学后,我躲在人群中,看见爸爸果然站在校门口的第三棵小杨树旁边,正死死地盯着校门口看,我一低头一哈腰,又走了过去。快到路口的时候,我回头望望,他还在那儿探着身子,我想他一定是在努力找寻自己的女儿。

人流在减少,他依然一动不动地往前看,我似乎看到了他脸上的焦急。我有些内疚,停下了脚步。终于,学生都走完了,只剩几位老师稀稀落落地走出来,父亲跑上前去,跟他们说着什么,然后又迅速地往我这边跑来。他在昏暗的路灯下看见了我,喘着粗气,虽然隔着夜色,我也能感觉到他眼中冒出的火焰,他举起手说:"我真想扇你一巴掌……"

我一转身,刚才的眼泪又收回去了。他跟在我身后,一边走一边说:"你一个女孩子,自己走夜路,出了事儿可咋办?"我自顾自地走,心想:爱咋办咋办!大多数人的成长,都是在与这个世界正反对错的碰撞中感受蜕变的痛苦,可是我是在与爸爸的不断摩擦中感受碰撞的痛苦。每一次我都满腹委屈,每一次他都手足无措、一声叹息。而那夜色中的第三棵树,无数次见证了我与父亲无声的对抗。再大一点儿,我的所谓懂事就是学会小心翼翼地与他保持和谐的距离,看人家父女拉着手走在路上,其乐融融,无话不谈,我与爸爸却从没这样过。

这种关系一直维持到我上高中,从文理分科到报考专业,我和爸爸都拧着:我要学文科,爸爸要我学理科;我要报文秘,他要我报财经……我们就这样在一个屋檐下相互关心,小心翼翼,又疙疙瘩瘩。我们仿佛是天生的南北极,从来不能想到一起。

3

毕业后,果然如爸爸所言,在人才市场上,我的专业遇冷。万分郁闷之时,妈妈打电话让我回家,说爸爸给我联系好了工作。回到家,爸爸不作声,只是坐在沙发上看着电视、喝着茶水,我突然很想发脾气,可是冲谁发呢?冲一辈子不肯求人,但为了我的工作坐了两天两夜火车,拿了土特产去求老战友的老爸吗,还是冲我自己?我的眼泪流了下来,抬眼之间,瞥见了爸爸皱着的眉,我的心一痛……

我不想成为一个不断向父母索取的孩子,不想成为一个"啃老族",爸爸的爱伤害了我的自尊,可我找不到拒绝的理由。因此,他挑落我内心的遮羞布时,我不得不面对也许每个人都携带的渺小懦弱与自私。我们隔着一堵高高的玻璃墙,我那么自卑地蜷缩在角落里,忧伤地感受他高大的父爱。

好在他有妈妈陪伴,我可以堂而皇之继续躲藏。可是有一天,妈妈给我打电话:"你爸一天都没回来……"我急忙开车到他常去的地方找,给亲戚打电话,从我哆嗦的语音、颤抖的双腿中,我终于明白我多么害怕失去他。

一夜未睡,第二天准备报警时,他回来了,我们问他去了哪里,妈妈更是声嘶力竭地责备他,他有些蒙,想了想,说自己是要去二舅家,却迷路了,在公共汽车站待了一晚。我和妈妈面面相觑,带他去医院检查,医生悄悄告诉我们,这是帕金森综合征的早期反应。

爸爸变得有时明白有时糊涂,有时还朝我身上扔东西,突然明白过来时,他就像犯错的孩子,不知所措。我跟父亲在一起,有时依然很难过,但不是那种难过,而是后悔。面对爸爸的病,我觉得自己的倔强和自尊一文不值,我对自己说,其实我和爸爸之间既没有隔着一堵墙,也没有不可逾越的鸿沟,只是一缕风,在彼此的爱中无足轻重的风。

没有人可以替你做决定

◇ 老 丑

"18岁以后,我的路我要自己走。"

记忆中,这是我对老爹说过的较狠的一句话。

说完这句话,我和他都愣在原地,谁也没吭声。

老实说,我一直不是一个太叛逆的孩子,从小到大都没有做出过什么"大逆不道"的举动。

我没有像别的孩子那样,辍学到军队当兵,也从没拿着父母的钱任意挥霍,更不曾说走就走背着吉他去流浪。

高中时的我,像其他的"学霸"一样,所有的事情都是父母做主,包括穿着,包括交朋友。

但报考志愿的时候,我和家人发生了激烈的冲突。

按我爹的想法,我应该贴着分数报,尽可能报一个录取分数线高的理工科专业,毕业后好找工作,一副理所应当、耀武扬威的气势。

而我自己偏偏在高考前厌恶了理工科,发了疯一样,一心想报文科专业。

我不知道当时哪儿来的勇气,也不知道这个决定是否妥当,总之发报考单的当晚,我赌气说了那样的一句话。

过了一晚,第二天当我真正翻开志愿单,发现从提前批到第一批、第二批全是选项的时候，我开始认输了。我渐渐从任性之中恢复了理智。

所以等真正涂写志愿的时候，我跟我爹说："我还是填你给我选的学校和专业吧。"

本以为他会因为我的顺从而高兴，至少也得小酌一杯，但他没有。

当着我的面，他拿起两本厚厚的《高考志愿填报指南》，慢慢地用牛皮纸包上，捆好，然后走进卧室，放进书桌抽屉里，收起。末了，他郑重地对我说："从今往后，你的事情你自己做主吧。"

一直"被决定"的我，突然之间听到这话，最直接的反应不是兴奋，而是胆怯、心慌。这种态度，和赌气时说出"我的路我要自己走"时完全不同。

再看我爹，眉头紧锁。他说，想了几天他也想清楚了，就算最后帮我填好了志愿，可最终上大学的那个人是我，他无法替我承担。

剩下的拉锯式的交谈细节，我都记不太清了，反正我当时的确很无助，也对他的撒手不管表示了极大的不满。但没办法，志愿表马上要交，我必须从抽屉里拿出《高考志愿填报指南》，用了一整晚，尽量把第一、第二志愿全部填满。

即便到头来，我仍按我爹苦心研究的结果填报了志愿，但那仍是我大学以前做过的最重大的决定。看起来有点儿荒唐，有些残酷，却令我终生难忘。

我承认，在那件事以后的一年多里，我是记恨他的。

我无法理解他莫名其妙的撒手不管，更无法理解，他竟然真的把我18岁以后的路完全交给我一个人走。

上大学时我说我要买吉他，他不干涉，说只要我可以坚持学下来就成。

我说我想投钱炒股，他不过问，只提醒我记得留些钱吃饭。

甚至有一次我和别人打架被他知道，他也没有管我，只是淡淡地提醒我，成年人犯罪是要承担刑事责任的。如此明了、深刻。

当时我的心态多少有些赌气的成分。但随着时间推移，他越是这样，我倒越可以认清现实，做事也变得谨慎起来。

因为我知道，再也没有一个人可以出面帮我做主，再也没有一个人可以替

这世间唯一的软肋和盔甲

我承担结果。任何事情，都必须自己来扛。

随着自己慢慢成长，当一次次独自判断、理智分析后做的决定让我尝到甜头的时候，我开始感恩于他当时的果断。若不是他那时放手不管，我仍要大费周章，在社会上多走一些弯路。

的确，做决定的时候，我们都希望有人给我们一个理由，有人支持，哪怕有人反对也是好的。我们并不是真正想要听取对方的意见，意见在这个时候并不是很重要。我们更多的是需要一个命令，以及可以和你一起承担结果的人。

然而，是不是非要有这样的人出现，听到了鼓励的话，你才肯鼓起勇气去选择？有时候等到了这个可以和你共同承担后果的人，最终的局面又有谁可以替你收拾？

当读者让我帮他选择的时候，我通常回复："我可以帮你分析，但决定仍要靠你自己来做。"

暂不说情感问题变化多端，即便是职业的情感专家，也无法从你的只言片语中找到解决问题的有效方法；即便我帮你做了一个决定，最终的事态也需要你来面对和承担。所以，这并非敷衍。

我更希望我的故事可以给你提供一些视野和经验，于生活之外，让你看到解决问题的另一种可能。

我在北京有一个唱民谣的朋友，至今仍徘徊在各个酒吧，默默无闻。

他说他背着吉他北上，绝大部分的原因是，当年一起玩音乐的朋友都特别看好他，也呼吁他过来闯荡。

可当他发现偌大的北京竟听不到他一声高歌的时候，他才发现，怂恿自己过来的那帮人，没有一个能站出来帮他喊两声。

没人可以替你做决定，除你之外，皆是旁观者。那次，我彻底地懂了。

致友情——不当你世界，只做你肩膀

上帝决定了谁是你的亲人，幸运的是在选择朋友方面他给我们留了余地。无论什么时候我们之间的感情都是最真挚的，很高兴我们一直保持着不开心的时候给对方打电话的习惯，无论任何时间、地点。闺密，能有一两个已经很好了，实在不必太多。朋友之乐，贵在那份踏实的信赖。

真实 不虚的友谊因为稀少，所以珍贵

◇叔本华

正如流通的是纸钞，而不是真金白银，同样，在这个世界上，流行的不是发自内心的尊重和真正的友谊，而只是做得尽量逼真和自然地显示尊重和友谊的表面功夫。不过，我们也不妨自问：又有哪些人值得我们对其使用真金白银呢？不管怎么样，我认为一条诚实的狗的摇尾示好，比人们的那些表面功夫更有价值。

真实不虚的友谊有着这样的一个前提：对朋友的痛苦、不幸抱有一种强烈的、纯客观的和完全脱离利害关系的同情。这也就意味着我们真正与我们的朋友有同样的感受。但人的自我本性与这种做法格格不入，所以，真正的友谊就像那些硕大无朋的海蛇那样，要么只是一种传说，要么只存在于别的地方，我不知道到底为何者。人与人之间的许多联系当然主要是建筑在各式各样的被隐藏起来的自私动机之上，但某些这样的联系也包含了点滴的真正友谊的成分。这样，它们就得到了人们的美化和推崇。在这样一个充满缺陷的世界里，把这些联系冠以友谊之名也并不是完全没有理由的。它们远胜那些泛泛之交。后者是些什么样的货色呢？如果我们知道我们的大部分好朋友在我们背后所说的话，我们就不会再想跟他们说话了。

检验一个人是不是我们真正的朋友，除了一些需要得到朋友的确切帮助

和做出一定牺牲的情形以外,最好的时机就是当我们告诉他恰逢某样不幸的时候。在这一刹那,他的脸上要么显示出一种真心的、不含杂质的悲哀,要么就是一副镇定自若的样子,或者,他会流露出某种别样的表情,后两者都证实了拉罗什福科的那句名言:"从我们最好的朋友所遭遇的不幸,我们总能找到某样并不会使我们不悦的东西。"在类似这种时候,一般我们称为"朋友"的人甚至掩饰不住脸上一丝满意的笑容。没有什么比告诉别人我们刚刚遭受了一桩巨大的不幸,或者向别人毫无保留地透露出自己的某些个人的弱点,更能确切地使别人得到好的心情了。这是反映人性的典型例子。

朋友间分隔太远和长时间互不见面都会有损朋友之间的友情,尽管我们并不那么乐意承认这一点。如果久不相见,甚至我们最亲爱的朋友也会随着岁月的流逝逐渐变成抽象的概念;我们对他们的关切也由此变得越来越理性,甚至这种关系只是一种惯性的作用。但对那些我们朝夕相见的人,哪怕只是我们宠爱的动物,我们都能够保持强烈和深切的兴趣。人的本性就是如此地受制于感官。

朋友都说自己是真诚的,其实,敌人才是真诚的。所以,我们应该把敌人的抨击、指责作为苦口良药,以此更多地了解自己。

我们到底要交什么样的朋友

◇林清玄

人生中的朋友大致可以分成四种类型，一种是在欢乐的时候不会想到我们，只在痛苦无助的时候才来找我们分担的，这样的朋友往往也最不能分担别人的痛苦，只愿别人都带给他欢乐。他把痛苦都倾泻给别人，自己却很快地忘掉。

一种是只在快乐的时候才找朋友，却把痛苦独自埋藏在内心的，这样的朋友通常能善解别人的痛苦，当我们丢掉痛苦时，他却接住它。

一种是不管在什么时刻什么心情都需要别人共享，认为独乐乐不如众乐乐，独悲哀不如众悲哀，恋爱时急着向全世界的朋友宣告，失恋的时候也要立即告诸亲友的。他永远有同行者，但他也很好奇好事，总希望朋友像他一样，把一切最私密的事对他倾诉。

还有一种朋友，他不会特别与人亲近，有自己独特的生活方式，独自快乐、独自清醒，他胸怀广大、思虑细腻、口才极佳，带着一些无法测知的神秘。他们善于聆听，像大海一样可以容受别人欢乐或苦痛的泻注，他知道解决问题的关键，因此对别人的快乐鼓励，对苦痛伸出援手。

用水来做比喻，第一种是河流型，他们把一切自己制造的垃圾都流向大海；第二种是池塘型，他们善于收藏别人和自己的苦痛；第三种是波浪型，他

们总是一波一波找上岸来,永远没有静止的时候;第四种是大海型,他们接纳百川,但不失自我。

当然,把朋友做这样的划分不是绝对的,因为朋友有千百种面目,这只是大致的类型罢了。

我们到底要交什么样的朋友?或者说,我们希望自己变成别人什么样的朋友?

卡莱尔·纪伯伦在《友谊》里有这样的两段对话:"你的朋友是来回应你的需要的,他是你的田园,你以爱心播种,以感恩的心收成,他是你的餐桌和壁灯,因为你饥饿时去找他,又为求安宁寻他。""把你最好的给你的朋友,如果他一定要知道你的低潮,也让他知道你的高潮吧!如果只是为了消磨时间才找你的朋友,又有什么意思呢?找他共享生命吧!因为他满足你的需要,而不是填满你的空虚,让友谊的甜蜜中有欢笑和分享吧!因为心灵在琐事的露珠中,找到了它的清晨而变得清爽。"

在农业社会时代,友谊是单纯的,因为其中很少有利害关系;在少年时代,友谊也是纯粹的,因为多的是心灵与精神的联系,很少有欲望的纠葛;工业社会的中年人,友谊常成为复杂的纠缠,"朋友"一词也浮滥了,我们很难和一个人在海岸散步，互相倾听心灵。

从前，我们在有友谊的地方得到心的明净、得到抚慰与关怀、得到智慧与安宁。现在有许多时候，朋友反而使我们浑浊、冷漠、失落与不安。现代人都成为"河流型""池塘型""波浪型"的格局，要找有大海胸襟的人就很少了。

在现代社会，独乐与独醒就变得十分重要，所谓"独乐"是一个人独处时也能欢喜，有心灵与生命的充实，就是一下午静静地坐着，也能安然；所谓"独醒"是不为众乐所迷惑，众人都认为应该过的生活方式，往往不一定适合我们。那么，何不独自醒着呢？

只有我们能独乐独醒，我们才能成为大海型的人，在河流冲来的时候、在池塘满水的时候、在波浪推过来的时候，我们都能包容，并且不损及自身的清净。纪伯伦如是说：

"你和朋友分手时，不要悲伤，因为你最爱的那些美质，他离开你时，你会觉得更明显，就好像爬山的人在平地上遥望高山，那山显得更清晰。"

我的 闺密李娜

◇刘　凌

我与李娜相识也快20年了。

小时候我们跟不同的启蒙教练打球，所以只是知道有这号人物存在，却并不熟络。记不清我们是从哪一年开始特别亲近的，只记得我们每天都在网上聊天，以至于好长一段时间我都生活在德国时间里，中国的时间已被我淡忘了。

如果女人也有义气之说，我想李娜是属于最高级别的，她豪爽义气，会照顾身边的小师妹小师弟，会带着他们成长、帮助他们。

有一次，她刚刚从德国做完手术回国，拿出一个很小的瓶子，那是从她膝盖里面取出来的东西，她笑嘻嘻地拿给我看。她不会告诉你她多疼，她只会以开玩笑的方式告诉你，她熬过去了。天知道那时候我心里的感受，心很疼、很疼。

一名运动员成功的背后总是承受着我们难以想象的压力，她从未表达过，而正是这些压力让她取得了更加卓越的成功。

她像一个发光体，在她的身上，可以看到很多不同的面，幽默、霸气、豪爽、火辣。这些光彩背后的她其实是极其简单的一个人，不过内心还是极其丰富的。

她和姜山的爱情没有惊天动地，没有轰轰烈烈，只是一点儿一点儿，一天一天地相濡以沫，陪伴对方，鼓励对方，支持对方。场下的李娜其实非常小女人，我们出去玩的时候都要经过姜山的同意，姜山不喜欢的事李娜一定不会做，跟网球场上大女人的形象完全相反。

我们相识于球场却相交于酒场上，人家说酒品看人品，我想我们应该都属于酒品极棒的类型。她在酒坛的造诣应该不低于网球上的。有时候我们也会恶搞，说她只是长得像李娜而已，不是真正的李娜，看着别人一脸的疑惑，我们会大笑，然后告诉对方只是开个玩笑而已。不管在外面多么艰难，回到家里的她永远是开心、安心的。

2011年法网夺冠把她推到事业的制高点，随之而来的是漫天的赞扬、商业活动、各种广告。她每天都很忙，生活上也有着巨大的变化。外界对她的要求也不再像从前了，变得越来越高，她背负的责任越来越大，只是大家都忘记了她最初的梦想只是想打好网球，安安静静地打自己喜欢的网球。对于社会的责任，她喜欢用自己的方式来承担，我想她应该是网坛慈善捐款最多的球员，但这些她从不挂在嘴边。

对于我来说，出名后的她依然是她，而不是像外界所说的，出名了飘飘然了，不知道天南地北了。其实有谁了解她的内心？她是在害怕、在恐惧生活上这些巨大的变化，她知道自己肩上背负的责任越来越大了，举手投足之间都需要做到最好，她背负着中国网球的未来，背负着所有喜欢网球、喜欢她的人的希望，没人知道她多么压抑。她喜欢做自己，喜欢低调安静简单的生活。

法网过后的半年，有一天，她哭着打电话给我，她难过，觉得自己做得还不够好、不够优秀，这些年她一直花时间在训练比赛上面，对我们的关心不够，在我们难过的时候也没有陪伴我们，她内疚没能好好地照顾我们。我们约定等她退役以后好好补偿我们，我想这是李娜最鲜为人知的一面吧。

上帝决定了谁是你的亲人，幸运的是在选择朋友方面他给我们留了余地。无论什么时候我们之间的感情都是最真挚的，很高兴我们一直保持着不开心的时候给对方打电话的习惯，无论任何时间、地点。

闺密，能有一两个已经很好了，实在不必太多。朋友之乐，贵在那份踏实的信赖。

我想 拥有猪八戒那样的朋友

◇李 晓

在唐僧师徒四人中，我最愿意交往的朋友，还是猪八戒。

我个人觉得，我和猪八戒交往，起码是酒肉朋友。唐僧，平时神情太严肃了，太正经了，嘴里常常念叨的是"阿弥陀佛"，他一门心思去取经，与酒色无缘。如与他交往，没话可说，挺尴尬的，但我敬重他的人品。他执着取经事业，上善若水。八戒的大师兄孙悟空，机灵调皮，性子比较急，在去西天取经的路上，功劳第一，但他不近女色，让我常常怀疑这个人是否真实存在。八戒的师弟沙僧，挑着担子，任劳任怨，忍辱负重，厚道忠诚，人品确实不错。但如果让我与他交往，按照我的性格，也许会时常欺负他，我也有拈轻怕重的毛病。这样交往下去，再好的脾气也有绝交的可能。沙僧这样的人，就做我远观的兄长吧，我默默地祝他幸福。

八戒，还是说说你吧。我为什么说在四个人（暂且把你们都当成人而不当成神）当中，你是可以成为我朋友的人呢？首先，你应该是一个有点儿文化、有点儿视野的人。你在天上，曾经做过玉帝身边的天蓬元帅，是一个有身份的神仙，算是贵族了，在天宫中腾云驾雾，什么场面没见过？后来据说是因为调戏嫦娥，降到凡间运气不好，投为猪胎，一张脸成为典型的猪脸，一双大耳犹如蒲扇。

所以，八戒，我首先对你的身世表示同情。你的那张脸，我认为是典型的福相。在生活中，我选择朋友，一般也是按照这个标准来衡量的：大脸、有肉，福相。而今我生活中的几个男性朋友，基本上都是这样的脸形，笑眯眯的神情，脾气不急。我的脾气是很急的，我得和他们调和一下。你在取经的路上，一路嘟哝，常常嚷着说："不去了，不去了，散伙吧。"但很快，你又良心发现，情绪归情绪，看见师父愁眉苦脸的样子，看见大师兄赴汤蹈火和妖怪斗啊斗，看见师弟从没喊一声苦、叫一声累，你觉得心里有愧，得继续和他们走下去。我就觉得你是一个真实的人、善良的人、有自己喜怒哀乐的人。还有，你有时对美女有忍不住的浓厚兴趣。正是这一点，我发觉你不装，不虚伪，不像我认识的几个人，他们平时衣衫整洁、坐怀不乱，可是灯一黑，他们往往禽兽不如。你就是在女色面前流一点儿哈喇子，我也觉得你特真诚，没城府。你看你在妖怪面前变成人的样子，"扑哧"一乐，就忍不住还原成猪相了，多有性情的一个人。还有，你睡眠好，往往一躺下，呼噜声顿起，不像我，睡眠比鸡、马、骆驼、鲸鱼好不了多少，真羡慕你。一年之中，尤其是过了40岁，我有几天能睡到床前见阳光呢？我的母亲也是这样的，而今在城里，她也是天不亮就起床，哪怕是坐在黑暗里发呆。八戒，这是遗传啊！

再者，我发觉，八戒，你是一个念旧的人。你的故乡高老庄，你在取经的路上一直念念不忘，好像你说过一句话："取经回来后，还是要回高老庄去过我的凡人肉胎的日子。"连你扛着的九齿钉耙，也很像我的三叔在乡下用的农具。你到了凡间，是一个有故乡的人，你的故乡就是高老庄。我现在在城里，但长根的故乡还是剪落脐带的那个山梁。

好了，八戒兄，和你谈心，是把你当成真朋友了。愿你的高老庄风调雨顺，五谷丰登，愿你幸福！

男闺密 这个梗

◇一苇暮雪

你是学霸，又是传说中的学神。我是无名无姓的"龙套"演员。在成绩终身论的高中时代，我们之间的鸿沟深得几乎要用喜马拉雅山才能填平。

直到那个残阳如血的午后，就如你所说的，我们的交集是从鲜血淋漓开始的。数学一直是很多文艺女的噩梦。刚考完数学的我一步三叹气地从考场里出来，颇有种世界末日要来了的悲凄感。人生啊，为何你在我这里就是一场悲剧？

可是，下一秒我就明白了，人生就像被人包进了芥末的饺子，你永远不知道你会被哪一个呛得泪流满面。一阵急促的自行车铃声放肆地叫嚣着，欢快得好像在为我英年早逝的数学唱送葬曲。我木木地回过头，然后就感受到了轮子从我那羸弱的小腿上呼啸而过。

周围一些女生的尖叫声听得我头皮发麻，还有你那副惊吓不小的呆模样，受伤的明明是我好不好，看你受惊的样子，突然觉得特别可爱，像一只受惊的小兽。正对上你惊愕的眼神，然后跌入了一个漫长的梦。梦里数学卷子上那个鲜红的面目狰狞的零蛋一直在追着我跑。还有妈妈拿着棍子在我屁股后面追着要打我的血腥场面。

"你你你，你这个人面兽心的家伙，把我撞了你还有理了。"抚着微痛的

脸颊，我一下就猜到了刚刚的疼痛不是在做梦。越说越觉得命运不公，狠心地抛弃了我。

你嗤之以鼻，对犯下的罪行没有一点儿悔过的意思。最让我气结的是，怒气冲冲地赶来医院的妈妈，得知你年级第一的身份之后瞬间谦恭的脸色就像撞人的是我。我仰天长叹，老天，下辈子一定要给我一个年级第一的脑子，我就原谅今生你对我犯下的所有罪过。

神奇的是我的数学成绩竟然像我受伤的腿一点点地长出了新肉一般，我的灰色世界终于透出了一点点斑驳的阳光。你竟比我还高兴，偶尔发下卷子的时候还会跑过来拍拍我的头发出一句"孺子可教"的感叹，同时不忘炫耀你这个师父的伟大。

对，你就是那个知道我伤口在哪儿还总是要时不时往上面撒盐的大浑蛋。之后在校园橘黄的路灯下，一个少年的回眸，让素来文艺的我有种蓦然回首，那人却在灯火阑珊处的荡漾。

对于我的这颗向往爱情的少女心，你总是以恨铁不成钢的语气指着我的脑袋训示："神经病同学，马上就要高考了知道吗？你的数学成绩破百了吗？"

从此我就彻底放弃了数学，我所有用来和数学死磕的时间都贡献给了做手工。叠了满满一罐子的幸运星和玫瑰花，还偷偷喷了一点儿从我妈那里偷来的香水。

终于鼓起勇气要走向我幻想中的玫瑰环绕的爱情城堡，却在那盏路灯下看到那个少年和一个美艳的女生热烈拥吻。

我像电视里那些悲情女主角一样，为了我逝去的爱情阴郁得像一只失魂落魄的女鬼。幸运星和玫瑰也委屈地被我丢弃在了花园里。后来居然是你帮我把它们捡了回来，我说："捡它干吗？我的东西就和它的主人一样，都是个loser，别人连看它一眼的兴趣都没有。"

可是，你说："笨蛋，这样才好，你有时间好好听讲了，再不学习你就真的完蛋了，还记得你的梦想吗？"这时我才猛然想起，在医院吊着腿的那个午后，阳光静好，我眯着眼睛慵懒地说："我的梦想啊，就是以后能当名作家，写尽人世间的悲欢离合、恩怨情仇。我要在纸上掌握在现实中不能掌握的命运。"

然后我们闹着在我的石膏腿上写下我们各自的梦想，还打赌谁的梦想没实现谁就是小狗。

"怎么，这么快就要承认你是小狗了？"突然，你打断我的思绪，又换上了那张万年不变的欠揍脸，戏谑地看着我，我知道，那意思就是说在你看来我这小狗是当定了。

你就像一道鞭痕，狠狠地叫醒了我，我才能在人生的半山腰继续向上走，向自己证明我不是一个loser。

你好，男闺密。

谢谢你在我的生命中出现过，并且没有抛弃我。